Longing in the Sun
and Spirituality

햇살 속
그리움
그리고 영성

김성호 · 류해욱 신부 연작시

아프지 않고 쓰여지는 글이 어디 있으랴!

눈물 흘리지 않고 읽는 시 어디 있으랴! (시 '잉크'에서)

예수회의 선, 후배였던 두 사제가 연작시로 써 내려간 시들에는 두 사람의 영혼이 살아있어 더욱 아름답습니다. 류해욱 신부는 몇 해 전에 뇌졸중을 앓고 오른손이 아직도 불편한 상태에서도, 끊임 없이 자신의 내면을 만나기 위해 애를 쓰는 이야기꾼이며 시인입니다. 몸이 불편한 그만큼 더 깊이 자신의 내면에서 길러내는 영혼의 소리는 더 간절하고 큰 메아리로 울려 나옵니다.

김성호 신부는 지금 뉴욕의 Long Island 교구 소속 사제로 Rockville Centre에서 사목활동을 하며, 오래전부터 뉴욕에서 정신분석가로 활동해오고 있습니다. 그의 시에는 고향에 대한 추억과 인간에 관한 애정, 그리고 가족들과의 애틋한 기억들이 있습니다. 그 에너지가 시 안에서 새로운 에너지로 바뀌어 우리에게 전달되어 가슴을 찡하게 울리고 있습니다.

두 사람의 연작시집은 선, 후배 간의 깊은 우정으로 이루어진 열매라 우리에게 또 다른 메시지를 전하고 있는 듯 합니다. 이 시들은 또한 '영성'의 향기가 짙게 배어있는 살아있는 기도입니다. 일상의 삶과 함께 뒹굴면서 "그냥 상상 안에서 그분의 모습을 떠올리고 가만히 함께 머물거나 길을 걸어갈 수 있다면 이미 기도의 경지에 이른 것"(시 '밀밭 사이로'에서)입니다.

이처럼 기도가 너무 형식이나 격식을 갖출 필요가 없듯이, 이들의 시도 특별한 형식이나 격식이 없이 자연스럽게 흘러나오는 내면의 소리이기에, 더 깊은 영성의 향기가 뿜어져 나오는 것 같습니다. 그런 측면에서 바로 사람들의 삶의 애환과 애틋한 추억들이 자연과의 대화처럼 스스럼없이 우리에게 전해집니다. 그리고 가슴을 아릿하게 울립니다.

어디서 와서 어디로 가는지를 아무도 모르는, 자유롭게 부는 바람처럼 말입니다. 그 영의 바람이 바로 우리의 '영성'을 깨어나게 합니다. 그래서 시인이 노래하듯이, "영성은 바로 삶 그 자체와의 공존"입니다.(시 '영성 3 - 전체적인 영성'에서) 우리가 우리 자신의 삶을 어떻게 끌어안느냐에 따라서, 영성은 신나는 춤이 되어 우리들의 삶을 살아있게 합니다.

두 신부는 제 후배로 오랫동안 우정을 맺어왔고, 드디어 두 신부가 함께 연작시를 내었습니다. 두 신부는 아름다운 하모니를 이루었습니다. 이 책의 아름다운 시들에서 감동과 공감이, 그리고 독자들을 살아 춤추게 하는 영적 에너지를 충분히 길러낼 수 있으리라 믿어지고 큰 위로가 되리라 생각되어 추천사를 통해 많은 분에게 마음의 양식이 되었으면 좋겠습니다!

예수회 김정택(대건 안드레아) 신부

김성호 분도 신부가 지난 오 년 동안 자기 나름대로 시를 써서 제게 보내왔습니다. 그의 시를 쓰는 솜씨도 놀랍거니와, 그의 시에 대한 열정과 꾸준함에 절로 고개를 숙이게 되었습니다. 저는 그 시를 읽고 그냥 컴퓨터에 저장해 두었는데, 가만히 생각하니 그 시를 조금 고치면서 말투를 제 식으로 바꾸어서 둘이 함께 연작시로 내면 좋겠다는 생각이 들었지요.

김 신부는 이 시집을 내기 전에, 제게 두 가지 사실을 언급하고 싶다고 했습니다. '…이어라'라는 끝내음이 저의 특징적인 것이어서 자기가 가급적으로 피하고자 하는 것 중의 하나랍니다. 그는 '…다네'라는 끝맺음도 저의 특징적이어서 의식적으로 피하는 것이라고 합니다. 위의 두 가지가 자기 시에 들어오면, 아마도 자기의 시와 저의 시 사이의 구분이 없어지지 않나 싶기도 하다는 것이었습니다.

그것은 맞습니다. 그러나 두 사람이 함께 쓰는 연작시는 서로의 마음과 사상뿐 아니라 어투까지도 고려해서 시를 써야 합니다. 저는 김 신부의 시를 충분히 존중하면서 함께 연작시를 쓰려고 했습니다. 비록 어투는 주로 제 방식으로 따랐지만, 그의 시 사상과 정신은 그대로 김 신부 고유의 것입니다. 거기에 부드럽게 고치면서 시를 썼습니다. 되도록 운율을 살리려고 때로 맞춤법도 조금 거슬렸습니다.

첫 단락은 '가을'로 정했습니다. 김 신부는 '산청에서'라는 시에서 그대와 나의 기도가 비로소 마지막을 향한 직감 하나의 집념으로 하늘 향해 매달린 수줍은 열망에 붉어져 간다네 라고 썼습니다. 가을은 사색의 계절이라 그런지 김 신부의 시에는 유독 가을에 대한 시가 많았습니다. 그래서 우선 '가을'로 묶어 첫 단락으로 삼은 것입니다. 여기에 제 시도 조금 보태었습니다.

두 번째 단락은 '두물머리 반달'로 했습니다. 이것은 온전히 김 신부의 몫이었습니다. '두물머리 겨울'이라는 시에서 그는 두물머리 닮은 섬에도 겨울이 찾아 왔어라! 두물머리 그의 상념 물결 따라 흘러 선착장 수상 택시가 손님들을 태우고 그들 강 따라 각자 이야기로 엮는 그의 인생이어라라고 썼지요. '두물머리 반달'이 아주 그의 뇌리에 깊이 박혀있어 그의 삶의 이야기와 가족들의 이야기를 풀어 썼더군요.

세 번째 단락은 '어머니'입니다. 이 단락에는 김 신부와 저의 어머니에 대한 깊은 애정이 고스란히 담겼습니다. 김 신부의 어머니 장례미사에서 제가 강론을 해 주었지요. 저는 이 단락에 성모 어머니도 함께 넣었습니다. 성모 어머니의 마음이 바로 우리 어머니의 마음입니다. 이 단락에서 저와 김 신부가 공통으로 느끼는 감정이 서로 교감하였습니다. 독자들도 이 단락은 깊이 공감하리라 생각됩니다.

네 번째 단락은 '그 청년의 노래'입니다. 주로 김 신부의 삶의 이야기가 담겨 있습니다. 김 신부는 '그 청년의 노래'라는 시에서 '비가'를 노래하던 장터에는 주름진 세월로도 끝나지 않는 비장한 노래가 여전히 들리네라고 썼습니다. 일찍 미국으로 가서 그의 반이 넘는 세월을 다 보낸 김 신부의 삶의 이야기, '비가'가 이 단락에 담겨 있습니다. 그리고 제 시도 나름대로 조금 보탰습니다.

다섯 번째 단락은 '코로나 시대'입니다. 우리 모두 코로나 시대를 살아가며 이를 극복하려고 노력합니다. 여기에 이 시대를 살아가며 느끼는 삶의 애환들이 담겨 있습니다. 제가 최근에 '물과 물결 그리고 하느님 3'을 내면서 저도 코로나 시대를 맞아서 따뜻한 위로 담긴 이야기를 나누고 싶다는 말을 했고 우리는 코로나로 자기도 모르게 너무 각박해졌습니다. 이 단락은 이에 대한 회환과 반성이 담겨 있습니다.

여섯 번째 단락은 '위령의 달'입니다. 사제는 무엇보다 가족이나 지인을 잃은 사람들을 위로해 주는 사람입니다. 저와 김 신부는 모두 친구를 잃었고, 또한 어머니를 천국으로 보낸 사람들입니다. 두 사람 모두 어머니의 따뜻한 손을 느낄 수 없는 것은 아픔이지만, 저희는 참 많은 것을 배웠습니다. 사제로서 죽음은 영원한 삶으로 넘어가는 것이라고 가르쳤는데, 이것은 단지 가르침이 아니라 실제라는 것을 알았습니다.

마지막 단락은 '영성'입니다. 우리 일상 삶이 바로 성령의 이끄심을 인식하면서 길을 제시할 수 있는가? 그 방법, 길이 있다면 그것이 영성이겠고, 그 영성이 바로 우리가 살아가는 길에 대한 제시라고 할 수 있습니다. 김 신부나 저나 이 점에서 사람들에게 길을 알려주는 사람이라고 하여, 따로 단락으로 만들었습니다. 이 단락은 주로 제가 많이 썼고 사람들에게 영성을 알려 주려고 쉬운 말로 썼습니다. 김 신부의 영성에 관한 시도 조금 넣었습니다.

하여튼 두 사람이 함께 작업을 하여 책을 낸다는 그것에 첫 번째 의미를 두고자 했습니다. 두 신부가 연작시를 낸 것 자체로 감사함이었습니다. 모쪼록 이 연작시집이 모두에게 치유의 시간이 되고 위로와 쉼이 되었으면 좋겠습니다. 출판사 대표 김재광 님과 삽화를 넣어 주신 동생 류해일에게 감사를 드리며 그리고 추천사를 써 주신 김정택 신부님에게 감사드립니다. 이 책을 내기까지 알게 모르게 도와주신 많은 사람에게 깊은 감사를 드립니다.

차례

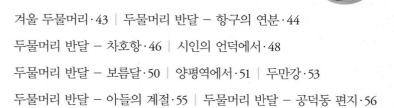

2. 두물머리 반달

3. 어머니

4. 그 청년의 노래

5. 코로나 시대

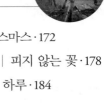

6. 위령의 달

7. 영성

1

가을

산청에서

가을 산이 밤을 덮고 자네
두 손을 모은 낮은 목소리에 깨어나네

짙어가는 산도 수도승이어서
햇빛 깜박이며 흐르는 강 사이로
경당의 종소리가 오가면
문틈으로 새어나 오는 기침 소리와 함께
한 생을 살아낸 갈색 총각들이 앉는다네

이천 년 가을옷에 몸 숨긴
침묵들은 긴 복도에 멈추어 서고
운수행각 마치고 돌아온
도반들을 서로 미소로서 마중하네

말하지 않아도 아는
그대와 나의 기도가 비로소
마지막을 향한 직감 하나의 집념으로
하늘 향해 매달린 수줍은 열망에 붉어져 간다네

가을 햇빛 아래서 익다 떨어져도
다음 해에 다시 매달려 오를
그대와 나의 기도도
함께 여물리라

빈손

짙고 따사롭고 맑은 향기로움
서로의 마음속에 하얀 꽃으로 피어나서

그들이 초라해도 우아한 몸짓으로만
건네는 무언의 빈손
행여나 하여 다시 다시 바라보면 홀연
회색빛 죽음마저 자신을 위한 미소 속에

빈손 머금은 그윽한 몸 뒤로 잊힌 사람들
내 얼굴 아닌 나를 지켜내야 하는 까닭에
아 겨드랑이 사이로 빈손 빈손 안아주며
아프디 아픈 진실들이 무척 가여워지네!

아 빈손 외로움이 우아한 그의 사랑보다
더 따뜻한 세상인 줄은 예전에 몰랐어라!

가을 들녘

고향에는 혹여 하늘거리는 그 모습은
어린 시절 스치던 서늘한 바람이라서
고개 숙인 저 누런 들녘에는
오늘도 석양으로 찾아오기 때문이라네!

어린 가수가 다소 원숙한 몸짓으로
부르는 노랫말 깊은 맑은 목소리를
나이 들어도 그 사람들 틈에서 나와
홀로 스스로 가을을 살아낸 혼과 얼

아무도 없는 들녘에서 부르는 가을 노래
빛 서쪽 하늘이 천의 황금빛으로 지어낸
저녁이라는 고즈넉한 시간에 마지막 남은
서늘한 하늘빛이라서 더욱 아쉬운 법이네

어둠 속에서도 짙게만 영글어간다네
밤이 드리운 어두운 짙은 커튼이어도
별을 따러 높아가는 얼을 잊지 않네

가을이어서 어려서도 여물게 태어난

가을 들녘, 그 지고한 숙명이어라!

가을 바람

여름이 아쉬워
서성거리는 태양에 주춤해버린
나뭇잎이 졸고 가을 바람에 잠들어
여름이 문을 열고 느린 그림자로 나서네

푸른 하늘 이불 삼아 잔디에 누우니
하늘이 영롱한 색으로
높은 가을 하늘 만듦에 놀라워
하늘만큼 큰 두 눈이여!

높은 푸른 하늘이 만들어지기까지
천의 색들이 자신을 낮추고 낮추어서
하늘을 만든 파란색 가을의 연상들!
계절이 제각기 사계절로 모이네

나뭇잎마다 한 나무에 매달리듯
다른 색들로 같은 가을 하늘 내어
서로 익혀 물들이며 물들어가는

줄줄 아는 마음이 온몸으로 만나

이 가을
진하고 깊은 푸른색으로
살며시 고개 숙이고 태어난 바다 같아라

가을 하늘

푸르름의 골짜기
심장 하나 빠져버리니
잉크 엎질러진 도화지였다네

코스모스 길 느린 곳에
멈추어 고개 드니
아직 마르지 않은 한 점
손가락에 찍어 써 보는
"부디 안녕하신지요?"

바람은 누구의 이름일까?
마침표 없는 간절한 기도
철새 떼로 지워도
마음 앓이 짙기만 하네

구월

여름을 작별하는 계절이어서
청춘의 푸르름이 숨 쉬어간다네

가을 바람 성큼 건너와서
고향을 향한 본능을 건드리려 하니
인생 등반길도 반을 넘으면
서산에 동그라미 느릿느릿 드러눕고

대지의 젖을 먹고 푸르던 나뭇잎은
들녘의 충만한 결실을 꿈꾼다네
별 밤 은하수처럼
마지막을 고하는 작별을 고할 것이네

그렇게 어머니의 계절은 어김없이
잠든 아이 등에 업고서
중추절 달빛 아래로
코스모스 길을 내어 버렸다네

동쪽 초원의 가을

동쪽 초원의 밤바람은
겨울 나그네의 사연 가득 실어서
집집마다 창마다 가을 이야기
가득히 들려오네

가을이 간절한 것은
열기로 들뜨던 지난 여름을
식혀야 해서이니
아픈 기억이라도 다시 여무네

모두가 고개 숙인 열매로 다시
홀로 서야 하기 때문이네
겨울의 시린 고통을 지닌 자
생명으로 꽃을 피우는 이치여서

고난을 지닌 자의 묵언 앞에
머리 숙여 큰 달 아래 서야 하네
어찌하여 다리 길가에 서서

짙어가는 가을과 찬 서리로 덮인

그대여
동쪽의 아침을 맞이하려고 하는가?
어찌하여 가을이 깊어서 만난
장례객들 눈물을 미소로 섞어
죽음 넘어 희망 전하는 사람이 되었네

성 라파엘 성당에서 모이고 흩어지는
사계절 인생의 의미를 아는 백인들이
초로의 동양인을 아버지라 부르는
시골 마을에서
등불을 지피고 문을 여니

작은 침소가 밤이어서
정다운 가을을 꿈꾼다네

가을 꿈

발자국 소리
이제 숨 소리로 들려
천지창조 그려진 돔 성당 천정으로
빠른 다람쥐처럼 재빠르게 올라서
어느 원숭이처럼 줄 타고 놀다가

팔랑개비로 되돌아오는 빨강 부메랑
숲이 깊어가면
발자국 간격 길어지고
숨소리로 재촉하지 않은 메아리라네

호흡 따라 길을 내어 준 숲의 침묵!
넉넉히 담아주는 품 그리워
원시의 엄마에 고단한 몸에 안겨보네

색색으로 펼쳐진 가을 꿈

가을 - 분홍빛

하여 남기고 싶은 고향이 있다네
맛난 술 오래된 유리병에 채우듯
인연 만드는 단맛 아는 사람들이
감 익는 저녁에는 장작불 지피고

김 서린 밥에 배추국 끓여 내면
굴뚝에 노을 전별하는 퉁소 울고
증류된 제주 빈속으로 찾는 병풍
넉넉한 잔에 가득한 어르신 사랑

아파도 돌아서지 않는 흰 천연을
기둥으로 지은 집이 있어서
촉촉한 속삭임 쉬는 창가에
오래전 멈춘 기적소리 듣네

불그레 꽃 미소 짓는 단풍 띄워
입술마다 분홍빛 미소 얹어 앉네
아파트 들어선 곳에
지우지 않은 골목길 하나 있다네

정주간*에 드리운 가을

구뚜막* 위에 짙은 곰국이 오래 다려지네
장작이 더해지면서 진한 땀 배어가는 솥
고기 덩어리 머리 풀며 녹아나는 가운데에
파와 무우, 고사리와 콩나물 어울러 춤추네

춤사위 노란 도깨비불 흔들면
노을 끓는 하늘 풍덩 거울 속에 쏟아지네
긴 삿대로 노 저으면 달 아래 되돌아오는 삶

가마솥 천천히 비워지면
나뭇잎 사이로 날아가는 유성 한 줄
국자에 가득 담아 고향 들녘에 뿌리네

별이 떠난 가매목* 옆에
따끈한 육개장 한 두구래기* 담아내네

---

* 정주간: 부엌의 함경도 사투리.
* 구뚜막, 가매목: 부뚜막 함경도 사투리.
* 두구래기: 뚝배기 함경도 사투리.

남쪽 공원 길에서

언어의 집 초라한 시인은 젊잖게
신사의 말 들으며 가슴 추스르네

가을이 정렬하고 선 고속도로로
자동차 행렬 느려지는 차창마다
아아 늦다고 깊은 탄성 실려가네

아! 이 가을을 어쩌란 말이냐!
세월과 반비례하는 느린 걸음
반항하듯 일어선 열망이 나와
사춘기 행렬 활활 불 지피면

모두 태워 버릴 수 있었을까?
하늘 갑작스레 호통치며 먹물 쏟네
가을마다 떠날 채비하는 줄 알지만
아사리 손사래 치며 붙잡고 싶어라

아침 햇살 광합성의 조화로 다시

살아난 홍안 하루 사이 늙어진 아침
바야흐로 아 절정은 터질 것 같지만
소멸은 당연한 생명의 원리인 것을!

그의 마지막 가을은
마치 사춘기 소년처럼 환하게 웃네

휘파람

가을 숲 사이로 긴 한숨
나뭇잎 흔들다 내 귀에만 들리는 목소리
빨갛게 물든 가슴 속에 비밀의 숲 노래!
한 점 바람 피해 남은 눈물 몸에 숨겨서

바스락 속삭이면
나뭇잎 남겨놓은 잊힌 이야기로 길을 열고
그 사이로 짙은 퉁소 소리에 휘휘 걸어오네

밀밭 사이로

밀밭 사이를 걸어가시는
예수님과 제자들의 모습을 떠올리며
풍경화를 그려보면 어떨까?
하얀 종이에 파스텔로
가을의 풍요로운 색깔을 마음껏 칠해보네
바탕색은 옅은 주황색이 좋겠네

칼릴 지브란은 예수님과 막달레나가 서로
처음 만난 장소를 밀밭으로 그리고 있네
밀밭에서 예수님과 만나 함께 걸어보네
함께 길을 걸으며
그분을 감싸고 있는 평화를 느껴보네

내가 그분에게 휘파람을 불면
그분은 고운 노래로 응답해 주시는 분이네
그분이 눈에 보이는 모습으로
우리에게 나타나셔서
말씀을 건네는 분이 아니라네

훗날 얼굴을 맞대고 뵐 날이 오겠지만
돌아보면 아무도 뵈지 않고
저녁놀 빈 하늘만 눈에 차네
다시 가만히 눈을 감으면
그분의 고운 노래가 들려오네

기도가 별다른 것이 아니라네
그냥 상상 안에서 그분의 모습을 떠올리고
가만히 함께 머물거나 길을 걸어갈 수 있다면
이미 기도의 경지에 이른 것이네
기도에 너무 형식이나 격식 갖출 필요 없다네

아침저녁으로 스산한 가을이 느껴지네
이 가을에는 외로움이 느껴질 때마다
휘파람을 불기로 하네
그분에게 건네는 사랑의 휘파람을
그분이 노래로 응답해 주신다는 확신을 지니네

가을 숲

먹물로 그린 수묵화, 한 가운데 검은 옷
숲 된 그가 샘 담은 잎으로 하늘 마시니
오색 아름다운 색동으로 갈아입으시네

검은 옷으로 색을 띤 밝음이
때로는 음지라서 그 밝음에 빛을 더하니
나 아닌 내가 되거든
숲에 안겨 쉬기를 붉은 상처나거든

익어가는 가을에 시주한다네

수면 위로 흐르는 햇살

호수에 늘어선 나무들이
햇살이 부르는 노래에 따라
팔을 들어 춤을 추는구나

햇살 흐르는 물결이 눈부신 까닭은
물결 사이의 그림자와 어우러지기 때문이네

햇살이 비껴와 수면 위에 번지듯
주님 은총이 우리 삶 깊숙한 곳으로 스미네
잔잔한 수면 위로 햇살이 비치듯
우리 사랑이 사람들의 가슴을 비추어야 하리

더불어 사는 삶에
때로 그림자 인다 하여 두려워하지 않으리라

햇살이 만드는 물결의 그림자

작고 여린이에게

88 서울 올림픽이 열리던 여름
'자비의 수녀회'에서 운영하는 피정 집에서
'영신 지도라는 예술을 위한 연수'에 참여했네

그 과정에 흙으로 작업하는 시간이 있었는데
예수님의 팔을 만들어 보았네
그 부드럽던 느낌을 지금도 잊지 못하네
정말 예수님의 팔을 어루만지고 있는 느낌!

그때 내가 훗날 마지막으로 하게 되는
예술적 취미는 도조가 될 것이라고 생각했네
햇살이 있기에 그림자가 질 수 있음을 생각하네

빛과 그림자!
그 어우러짐으로 인생이 수놓아져 있음을 생각하네
아주 작고 여린 여러 사람의 모습이 부조에 담겨 있네
아래에 있는 장작에서 아낌없이 주는 나무를 떠올렸네

제주는 아직 가을이었네
성산포 근처에는 유채꽃도 피어 있었네
마음의 계절도 우리가 머무는 장소에 따라 다르네

작은 마을에 있는 도조 작가 김숙자 선생님의
'외딴집'이라는 곳을 찾아가게 되었네
김숙자 선생님은 원래 조소 전공이신데
흙으로 작품을 만들기 때문에 도조작가이네

온 정원이 모두 흙사람들 야외 전시장이었네
푸른 잔디에 여기저기 흙사람들이 모여 있고
나무에 부부로 보이는 흙사람 둘이 맞아주네

'아주 작고 여린 이에게'
작가 김숙자 선생님이 그 타이틀을 정한 연유라네
"누구에게나 가슴 한편 깊은 곳에는 따스한 손을
그리워하는 '아주 작고 여린 이' 살고 있습니다
내 안의 '작고 여린 이'는 날마다 삶의 이 길 위에

필연이나 마치 우연처럼 수없이 많은
'작고 여린 이'를 만납니다

모든 작품이, 내 안의 그리고 세상의
'아주 작고 여린 이'를 위한
나지막한 위로의 노래가 될 수 있기를 바랍니다."

그 작품들을 보고 있노라니
내 작고 여린 마음도 위로를 받고
부조로 된 작품을 받치고 있는
나무판의 색감이 특이하면서도
따뜻한 위로를 주는 느낌이었네

마치 감을 천연 염색하여 갈옷을 만들 듯이
나무판에 감으로 조금씩 여러 번 칠을 하고
칠하는 과정을 거치면서 그런 색이 나온다고 하네
다시 밖으로 나와 야외 전시장을 천천히 다니며
흙사람들과 대화를 나누었네

김숙자 선생님은
"작가의 내면에 고여 있던 것들이 흘러나와
스며든 실체가 바로 작품이다."라고 하며
자기는 더할 나위 없이 행복한 사람이라고 하네

제주의 다른 어느 곳보다 '외딴집'을 다시 가고 싶었네
다시 찾아간 '외딴집'에서
얼마나 흙사람들과의 무언의 대화에 큰 위로와 편안함을
느꼈는지 모르네

2

두물머리 반달

겨울 두물머리

시린 강바람에 흘러가 만두피 같은 무늬
두물머리에 띄워 겨울을 빚어내는 중에
하늘 방아간 동그라미 벨트 분주해지고

빈 운동장에 청년 어깨에 백설기 높아갔네
양친을 떠난 그 시절 먼 옛 이야기이어라!
겨울 강에 하얀 눈물 소리없이 삼켜 흘렀네

두물머리 닮은 섬에도 겨울이 찾아 왔어라!
두물머리 그의 상념 물결 따라 흘러 선착장
수상 택시가 손님들을 태우고
그들 강따라 각자 이야기로 엮는 인생이어라

겨울의 하얀 침묵 속에
강으로 흘러온 인생이어서
흐르는 물살에 띄운 상념들이

두물머리에서 그 시절
그 청년에게 겨울 안부 전하네

두물머리 반달 - 항구의 연분

뭍이 끝나는 곳에 바다 보듬어 안긴
어머니의 고향이 있었네
어머니 사시던 바닷가는
기차가 끝나는 마지막 역이어서
젊은 선생님 새 임지에 내렸다네

두 남동생의 어머니 되어버린
어머니를 마음에 둔 인연
설핏 피난선으로 갈려서도
끝나지 않은 그리움의 등대여

어머니 나시고
아버지 가르치시던 언덕 아래
잊을 수 없는 사연 두고 온 고향은
지금은 마음으로만 닿게 되는
뭍과 바다가 해후하는 곳이어라

파도로만 마중 나오는 청춘 시절

푸른 바다의 분홍빛 사랑이
할아버지 과수원 꽃으로 부풀었어라!

뭍과 바다로 만난 항구의 연분이어서
대를 이어도 끝나지 않는 그리움 되어
두물머리에서 추억하는 겨울 오후이어라!

두물머리 반달 - 차호항

산이 언덕으로 내려와 바다를 안으면
갈매기 떼 지어나는 항구의 꿈이었어라
열세 살 소녀는 다섯 살 동생을 업고서
아홉 살 아우 손 잡고 선 바닷가 마을!

동해에서 불던 겨울 바람을 타고 와서
엄마 실은 상여 떠났던 기차 멈춘 곳에
가슴에 새겨진 부두의 약속이 있었어라!
"누나가 꼭 데리러 올테니 여기서 기다려."

피난선에 급히 오른 넋 놓은 동그란 눈이
항구에 남겨진 동생의 초롱한 두 눈 담겨
과수원 너머 푸르슴한 어머니 산소 위로
삼일 밤낮으로 작아지던 달에 빌던 소원이

고향에 남겨진 가족 실으러 돌아갈지 몰라서
피난지로 바로 갈지 토의하던 가족의 눈물이
항구에 더해지고 그리운 정웅 삼촌 두고 온

흑백 사진 속 엄마의 침상에 함께 누웠어라!

동그라이 슬픈 항구는 친정 어머니 산소 곁에
누나하고 풀피리 불던 정웅 삼촌의 젖은 목소리!
잠결에 듣고 일어나 엄마의 눈에 서러움이어서
피난선 기다리던 그 시절 그 사람들 추모한다네

시인의 언덕에서

길림성 명동촌에서는
함경도를 고향으로 둔 사람들 속에서
그리움의 원형을 배웠던 어느 소년이
백호골 언덕에서는 어머니를 사모하며
그리움의 모태를 배운 청년이 되었다네

타고난 함경도 산골 외로움이
결핍으로 만나 시를 쓰던 언덕에서
굳게 다문 입에 여린 미소를 사념한다네
흑백으로 여과되어도 죽지 않은 혼 만난다네

도시의 표정 속에서 친절로 바뀌고
조각해서 혼을 잃은 얼굴로 거리에
그리움이 연을 맺은지 아주 오래네

시인 전하는 혼과 얼 사뭇 귀하여
겨울바람 마주하던 시인으로 하여
볼이 얼어도 떠날 수 없었던 언덕

원래 동향인이 사색하던 그곳에서
함경도 그리움의 그 원형을 만나고
서시가 새겨진 바위에 함께 포개보는 어머니!
어머니가 보고 싶어 그리움을 시로 쓰는 청년

두물머리 반달 – 보름달

밤하늘을 훔친 배부른 동그라미
지붕 위로 휘휘 걸어가더니 벌써
피터팬이 날던 빌딩 귀퉁이 뒤로 서두르네

사람들 비는 소리에 놀라 숨으려는
둥그런 동심 잠든 세상 구경하러 나왔다네
들켜 버린 얼굴이 하얀 달이 되어
백년 첨탑 지붕 뒤로 숨는다네

숨겨 오를 때는 서두르지 않더니
어두운 하늘에 온통 드러나 멀리
마천루로 숨바꼭질 건너가는 자전거

비쭉 내민 반쪽 얼굴 잠들었나 확인하고
안심하여 다시 하늘 채우더니
새벽 닭에 놀라
커져버린 동그란 눈을 감아 버렸다네

양평역에서

겨울잠 자는 기차역으로
하얀 사념을 이고 수줍게 얼굴 내밀던 긴 썰매

난로 냄새가 일제 당시 기억 담은 역사 채우고
문 열고 나서는 어깨너머 마중 온 남한강 바람
아리따운 더운 머리를 식혀주듯 따라다녔다네!

병사들이 주막에서 뽀얀 막걸리를 들이키고
식당 주인처럼 후덕한 돼지고기가
찌개 맛에 더해지는 겨울 하루가 저물더니
하얀 눈조차 검어지는 밤!

순진한 오사단 젊은이들이 광주에 다녀오던 해
청량리행 기차를 기다리던 눈이 내리던 밤에는
그 밤의 부끄러움을 품은 세대가 가로로 가더니
또 다른 부끄러움 앞에 아예 정지해 버렸어라!

썰매처럼 미끄러져 지나가는

하얀 양평역에서
광주도 모르고 다녀왔다던
푸른 청춘이 검은 눈물 쏟는다네

두만강

세 나라가 강물 사이로 서로 달려오고야
부득이 그 강을 건너야만 했던 조선인들
연변으로 만주로 다시 연해주로 갔었다네

옛님들은 고향인 함경도를 멀리 뒤로하고
다시 돌아올 수 없는 강을 너울 넘었다네
러시아 말하는 한국인의 가슴속에 새겨진
눈감아도 훤히 보이는 아, 오천 년의 슬픔

잃어버린 옛 방언을 홀연 모국어로 아는
할아버지 할머니의 볼품없는 그 말에
고향 향한 그리움만 아련히 남아있어라

도저히 배신할 수 없는 영혼의 울림으로
깊은 목젖 떨며 소리 되어 거듭 태어나도
광화문 사거리 사이로 문답하는 동향인들
태극기 깃발 들어 서로를 마주보고 섰나니

아픈 별리 너와 나의 원형되어 남겨졌는가
깊은 참회록 쓰던 윤동주의 함경도의 혼이
잃어버린 깃발 사이를 멀리 돌아 흐르나니
아직도 아물지 않은 반달로 어찌 뜨는구나!

두물머리 반달 — 아들의 계절

맨해튼 반달이 푸른 동그라미로 뜨고
다시 봄으로 가는 아지랑이 길목에서
몸서리치게 들이치는 하얀 열병으로
밤을 새워가며 창에 대고 고함쳤다네

눈 치우는 차들이 하얀 봄의 거리에
게으른 눈사람들이 서로 서성거리고
바람과 흰 눈이 먼 하늘을 이어주고
밤새 서성이는 그들에게 말을 건다네

버거운 인생이어서 밤새워 쏟은 한이
하늘에 맞닿도록 그렇게 풀어냈더냐?
봄꽃 핀 공원이 겨울로 짙어가는 중에
하얀 눈모자 쓰신 해맑은 우리 어머니

강한 태풍 중에 홀로 걸어가신 흔적
서러운 아들의 두 발로 겹쳐 밟으니
눈 폭풍 한가운데 움직이지 못하고
떠나려는 겨울 붙잡는 아들의 계절!

두물머리 반달 – 공덕동 편지

"아들아, 오늘 너에게 기쁜 소식을 전하누나
오늘은 하느님께서 우리들이 가장 사랑하시던
아버지를 늘 그리던 곳으로 데리고 가셨다."
보프 신부님 어머니가 독일 유학하던 아들에게
보냈던 편지 읽으며 저의 시간을 생각했었다네

공덕동 아파트는 햇빛 잘 들고 바람이 드는 곳
은퇴 후 살던 산본 아파트처럼 좋아라! 하시며
어머니 마음 깊은 곳에서 무척 행복해하셨다네

이북에 남겨두고 온 막내동생 소식을 접하시고
당신의 시간을 향하여 조금씩 저물어 오셨다네
저희들 생애에 가장 큰 기쁨은 인륜으로 만나
소중한 생애를 부모님으로 모셨다는 것이라네

그보다 더 큰 기쁨은 이생을 잘 마감하시면서
조상님들 기다리는 세상으로 가시는 것이라네
이렇게 찾아와 소중한 추억으로 남아 주시니
응접실 종일 드는 햇살처럼 감사할 뿐이라네

두물머리 반달 - 안녕

신흥 할아버지의 손녀딸들은 어르신 모시던
친정엄마 닮아서 정성으로 어른들을 섬기고
그 좋은 습성 피난 온 땅에서도 여전하여라
아주 지극한 마음으로 자식들을 키우셨다네

아들들 가는 걸음걸음 가는 길마다 소복히
묵주기도로 길을 내신 어머니, 아아 어머니
다소곳이 이 세상 향한 깊은 감사를 드리는
봄 아침이 사뭇사뭇 겨울이어서 비장하다네

안녕 고마운 사람들이여!
안녕 이 땅을 조국이라 불렀던 삶의 터여
안녕 사계절로 찾아온 소중한 추억들이여
안녕 나의 자랑스러운 아들들이여

그리고 밤하늘의 반달로 인생 찾아오실
나의 어머니, 안녕

3

어머니

공항 철도

"아아! 어머니가 금방 임종했단다."
아버지의 목소리가 기차 바퀴 사이로
비틀거리며 아아! 훠이훠이 건너온다

돌연 활주로에 큰 비행기가 내릴 즈음
팔십오 년 세월 함께 하늘로 오르시고
사랑 가득한 시선으로 보시던 두 눈이
이 세상 작별하여 안개 강 건너셨다네

공항을 떠난 기차는 새벽 어둠에 통곡하고
어머니 없는 시간이 빠른 속도로 시작되어
사월 오일의 공항철도 속절없이 흘러어라

여의도

영안실에 고이 놓인 영정사진
곱디고운 어머니 익숙한 얼굴

성모병원의 어두운 지하실에서
어여쁜 어머니 베옷 입으시고
혼과 얼 떠나 가벼워진 몸이
꽃으로 이불 삼아서 누우셨네

상여 나가는 섬 벚꽃이 봉우리 열고
목련 닮으신 당신 큰 화관 꽃잔치로
마중 나온 꽃 마을 어머님 전송하는 이여!

부활의 집

어머님 머무실 방이 성수로 적셔질 때에
산본아파트 처음 입주하시며 내 집 지닌
그 미소 다시 만납니다. 아아. 어머니!
작은 하꼬방만한 집이라고 하셨던가요?

이 집은 더 작지만, 아들들을 기르신
아름다운 당신이 몸소 드실 집이라네
어머님 체구가 소박하심을 안 지금도
크신 당신 유택에 드시니 하늘 성인들

무리지어 부활하신 어머님 마중 오시네
작은 방은 시간을 여는 빛의 문이라네!

어머님 흔적

사진으로만 남겨진 초출하고 맑은 어머님이
누워계시던 자리를 지나 벽에 자리하셨다네
거리마다 어머님 흔적 봄꽃처럼 너풀거리고

떠나버리신 당신 흉내 내며 미소하였다네
홀로 삼켜 우는 아들들만 낳으셔서 다만
며느리 손녀들 눈물로 깊은 위로를 삼아

봄길 꽃단장하고 가신 길 위에 우두커니
서 버렸다네 그러다 슬며시 발길 옮기면
곤색 스피링 코트에 지팡이 짚은 어머님
아주 찬찬히 아지랑이인 듯 걸어가신다네

동그라미 어머니

어머니 곁을 동그랗게 돌던 동심 시절 언제였나요?
세월의 강 위로 돛단배 흘러가듯 홀로 눈물지으실
찬란히 찬란히 아주 빛나기만 하셨던 우리 어머님!

당신 손맛 잊은 객지의 섬에서 학창 시절 된장국 맛
김장철 배추에 속을 말아 먹이시던 그 손맛 운명처럼
새겨져 젖문 아이의 옹알이처럼 배우지 않아도 아는
그리움 아, 그리움이 작게 동그랗게 깊어만 간다네!

어머니 – 잎이 떨어지는 소리

가을이 깊어가네
창문 밖, 앞산 진한 갈색으로 변한
나무에서 잎이 떨어지는 소리가 들리네

어머니가 중력의 힘에 떨어지는 잎
새처럼
그렇게 힘없이 땅에 떨어져
그분께로 가신지도 어느새 29년이 지났네

어머니는 29년 전, 11월 1일
모든 성인의 대축일에 새벽 미사를 가다가
교통사고를 당하여 이승과 작별을 나누셨네

어머니의 기일을 앞두고 기도하게 되는 것은
어머니를 위한 기도는 아니네
어머니는 이미 그분과 함께 머무시리라 믿네

저 자신과 우리들 시대를 위해 기도하네

모두가 살기 어렵다고 하는데
그 원인을 생각해 보네

문득, 이 시대가 어머니
말하자면, 어머니의 정신과 어머니의 사랑과
희생을 잃어버렸기 때문이 아닐까 하는 생각 했네
그것은 바로 잃어버린 영혼이라고도 할 수 있다네

경제 위기, 금융 위기 등의 이야기를 하지만
실상 더 큰 위기는 영혼을 잃어버린 위기가 아닐까?
거기서 모든 위기가 시작된 것이 아닐까?

과학 기술의 발달로 인간이 달나라를 다녀온 것이
벌써 60년이나 되었지만
우리는 60년 전보다 더 행복해졌는지 나는 잘 모르네

이태백이 놀던 달
토끼가 방아를 찧던 달
동화와 꿈의 달을 잃어버리면서
우리는 영혼에 상처를 입고 아파하게 된 것은 아닐까?

현실적 삶에서 느끼는 위기는 경제 위기는 아니네
분명 정작 오늘날 우리가 겪는 위기는 정신과 영혼, 곧
어머니를 잃어버린 상실의 아픔이 그 근원적인 원인이네

이 상실의 아픔을 추락과 공포로 표현하며
기도로 노래한 시인이 있다네
국문학자이며 시인이신 정한모 선생님이네
오늘은 정 한모 선생님의 시 한 편을 읽으며
나도 잃어버린 어머니를 찾게 해 달라고 기도하네

어머니날

목련이 지시더니 녹색 저고리 입으신 오월
마지막 숨으로 하얗게 문득 꽃을 피우시고
바람으로 찾아와 꽃과 꽃을 아주 붙드셨지

당신 혼과 얼이 거처하시던 푸른 나무처럼
오월로 푸르러 목련인 줄도 모르게 섰어라
늘 사랑하셔서 당연한 줄로만 알아 홀로
사랑만 하게 한 무심한 아들들이 서러워

목련꽃 지고 거기에 있는 줄 미처 몰라도
문득 홀로 꿋꿋하게 서 있어라 아 어머님!

석장리 봄 마중

긴 포옹으로 모내기 한창인 마을 돌아
홀연 둥글게 아지랑이 봄 마중 온다네

막내까지 대학 가면 서울살이 아예 접으시고
아버님 곁 지키시겠다던 그 약속 안아주시던

꽃 동네 밀집모자로 그늘 만들어 밭고랑에서
하루를 보내시면 저녁 식탁은 당신의 미소와
이야기로 풍성해지고 옛이야기 사뭇 깊어라

봄 마을에 부모님 뒤로 하고, 군의관으로, 해병대로
신학교로 고시준비로 흩어졌던 자랑스런 아들들은
태어나지 않은 마을마저 선조들의 얼을 지펴나가던
네 아들들의 꿈들이 석장리 못자리에 심어졌어라!

선생님 사모님 봄 마중은 새색시처럼 곱기만 했어라
검은 옷 입어야 하는 숙명과 햇빛 가득 담은 흑천이
봄 마중 하고 어머님 안고 말없이 말없이 흘러간다네

사십구제

어머님, 이승의 마지막 여행은 어떠신지요?

흘러가는 구름을, 꽃잎을 스쳐가는 바람을
돌을 적시며 도는 강물을 공원의 적막함을
반달 홀로 뜨는 고요를 사진에 담아봅니다!

그러면 어머님 모습이 거기에 서 있을까요?
조상님들 사셨던 산천과 고향의 과수원밭!
자식들 키우며 소원하던 곳 그곳이 있어서
삶의 흔적이 소중하여서 기실 감사로움으로

이승의 선물 삼아 저승길 훌쩍 가버리신다면
사십구일의 어머님 시간은 축제 절기입니다!
어머님, 다른 세상에서는 모자의 천륜으로
다시 다시 만나기만을 손꼽아 기다리렵니다!

어머니 – 성삼위의 연민

어머니
성 이냐시오가 신비로운 영상 안에서 본 대로
저희도 죄로 점철된 비참한 인간 세상에 대한
성삼위의 더 깊은 연민을 느끼게 해 주십시오

성자께서는 참 인간이 되고자 하는 열망으로
성령으로 인하여 당신에게서 사람이 되십니다

어머니
천사 가브리엘의 축복 인사에
떨리고 두려웠던 당신의 마음을
부디 저희에게도 나누어 주십시오

성 베르나르도는 이렇게 노래합니다
"천사는 당신의 대답을 기다리고 있습니다.
오, 여인이여!
무엇을 망설이십니까?
왜 두려움에 떠십니까?

보십시오
그분이 문 앞에 서서
두드리고 계십니다
서둘러 문을 여십시오!"

"성령이 너에게 내려오시고
지극히 높으신 분의 힘이 감싸주실 것이다."

이제 당신은 그분의 어머니가 되시고
거룩한 장막
살아계신 하느님의 방주가 되십니다

'예'라는 당신의 한마디로
하느님과 인간의 내밀한 만남의 장소,
지성소가 세상에 마련되었습니다

"이 몸은 주님의 종이오니
말씀대로 저에게 이루어지기를 바랍니다."
당신의 놀라운 이 응답에
모든 구원의 신비가 모아져 있습니다

어머니
저희도 온전히 내어맡긴 당신의 믿음으로
이 시대에 이 문화 안에서 이 세상에서
함께 머무르길 원하시는
그분을 맞게 해 주십시오

아름다움의 이름

짙은 어두움으로 인하여 빛은 무릇 선명하고
고통을 마감한 축복으로 짓는 미소가 있다네
태어난 아이의 사투리가 천연하여
눈물 환희로
대하는 엄마의 눈에 삶 마주할 아이가 안쓰럽고
나의 푸른 삶이 아름다워 보배롭기를 기도한다네

웃음으로만 사는 삶이 있던가?라는 의문이네
아름다움은 아픔의 끝에서 고개 든 침묵이어서
명작을 만드는 작가의 이름은 어두움과 고통이어라!
그리고 문득 그의 삶은 슬픔과 아픔이라고 말하리라

여름 숲

암탉이 알을 품듯 겨울 초막을 지키네
들꽃이 산을 덮어가는 봄을 고대하던 사람들
시간의 주인조차 지치게 하는
열대야라는 개량종 밤과 불편한 동거가 시작됐네

거역할 수 없다면, 모두 일어나 숲으로 가자
눈을 감으면 산사에 내리던 빗소리가 찾아와
그 사이로 묵혀둔 청아한 목탁소리 듣는구나

깨우침의 길을 찾아 떠난 사람들이여!
깨우침의 길 또한 배부른 도피라 하여
속세라고 규정한 세상에 머문 사람들이

선방이 산중인 것은 세상과 무관한 깨우침에
탐닉하는 것이어서 번잡한 짐승들의 삶터에서
마음 다치며 지친 사람들을 품어 숲에 앉았네

사이렌 소리와 앰뷸런스 소리가 뒤섞인 거리에

생계를 이어가는 고단한 여름 몸을 지닌 이들이
그들이 찾아와 앉은 이곳이 산사의 빗소리처럼
목탁 들리는 여름 숲이기를 간절히 바라나이다.

아버지의 육필

마른 원고지 위에 젊은 선생의 기운이
영혼에서 영혼으로 빈손으로 흘러가서
빼곡한 원고지 칸칸마다 채워져갔었네

마른 원고지 다만 그 조용하면서 날카롭게
절제되어 무수한 네모칸으로 쏟아졌었다네
철필이 사각사각 촘촘한 마른 원지를 긁고
검어진 각혈로 다소곳이 둥근 롤러를 밀면

쌍둥이들처럼 새롭게 태어나는 글자들로
그 제자들을 키우셨던 높은 어르신이 계서
갈라진 조국을 생각하는 이역에서 이역으로
누가 무엇을 어떻게 할 것인가를 다시 묻는

백두산 교장 선생님 억양 닮은 청년은 답해
오늘도 어제처럼 제자들 맑은 눈망울 속에서
붉은 아침 해로 내일이라는 원고지를 채우네

카나의 기적

카나라는 시골 동네에
더덩실 혼인 잔치가 열리고 있네
카나는 나자렛에서 그리 멀지 않은 동네이네

이스라엘의 혼인 잔치는
저녁 무렵 시작되어 서쪽 산의
저녁의 붉은 해가 온누리에 드리우는 시간
마을에서 벌어지는 소박한 잔치 풍경 그려보네

동네 사람들이 한자리에 모여
흥겨운 여흥이 벌어지는 가운데
어둠을 밝히는 등불이 서서히 켜지고
연주는 밤이 깊어감에 따라 더 흥겨워진다네
사람들은 두 부부를 축복하며 함께 모여 춤을 추네

사람들은 손에 포도주 잔을 들고
신랑 신부에게 축복의 말을 주고 받네
예수님은 제자들과 함께 초대받아 앉아 계시네

잔치 분위기가 무르익을 때 포도주가 떨어졌다네

어머니는 그 잔치에 손님으로 초대받은 것이 아니라네
어머니는 주인과 친밀한 사이 부엌일을 도맡고 계셨네
포도주를 가지러 왔던 주인은 항아리가 빈 것을 보고
어머니를 향해 울상을 지으며 어떡할지 하소하네

잔칫집에 술 떨어지는 것은 손님들 흥을 깨는 것이네
주인으로서는 여간 낭패한 일이 아닐 것이네
어머니는 신랑과 가까운 친척이었다네
어머니는 부엌에서 나와
예수님을 부르시네

그러고는 포도주가 떨어졌다고 말씀하시네
기도 안에서 그 어머니의 모습을 바라보네
다만 포도주가 떨어졌다는 것을 알릴 뿐
어머니는 어떤 말씀도 하지 않았네
아드님이 알아서 하시도록
맡겨드리는 것이라네

"여인이시여,
저에게 무엇을 바라십니까?

아직 저의 때가 오지 않았습니다."
예수님의 말씀이 좀 이상하게 들리네
어머니께 너무 냉정하게 말씀하시는 것 같지 않은가?

성서학자들은 그 당대의 의미를 고려해 의역을 하면
다음과 같다고 하네
"어머니, 걱정하지 마세요.
어머니는 무슨 일이 일어나고 있는지 모르십니다.
그냥 저에게 맡겨두세요.
제가 제 방식대로 처리하겠습니다."

이제 예수님의 말씀이 쉽게 이해되네
효자이신 예수님의 마음을 헤아리면서 그 말씀을 듣네
당신의 때가 아직 오지 않았다고 하셨지만
예수님은 기꺼이 때를 앞당겨 어머니의 마음 배려하는
예수님의 마음을 바라보며 거기 함께 머무르네

예수님의 말씀을 들은
성모님은 잔치 일을 돕는 하인들에게 이르네
"무엇이든지 그가 시키는 대로 하여라."
그 말씀에 머물러 보네
아드님에 대한 온전한 신뢰를 느끼지 않는가?

예수님은 고유한 방법으로 일을 처리하시네
예수님은 정결 예식에 쓰는
돌항아리를 기적의 도구로 사용하시고
예수님은 여섯 항아리에 물을 가득 붓게 하네
돌항아리는 정결 예식 때 손을 씻는 도구이어라

우리는 돌항아리를 통해 자신의 손을 씻는 것이 아니라
포도주로 변한 물을 맛보게 될 것이네
하인들이 돌항아리의 가득 찬 물을 사람들에게 가져가자
포도주로 변해 있었네

예수님의 권능으로 포도주로 변한 물을 맛보며
어머니가 토한 감탄사를 외쳐보네
예수님은 우리 삶을 물에서 포도주로 변화시켜 주시네
물과 같은 우리 무미건조한 삶은
예수님으로 인해 포도주의 향과 맛을 내게 되네

어머니의 마음을 더 깊이 헤아리고
그분이 지니신
겸손과 신뢰의 마음을 배울 수 있도록 청하네
"무엇이든지 그가 시키는 대로 하여라."

참 고독

수정같은 수면 위의 한 점 다만
홀로 있어서 외로운 것이 아니라
너무나 충만하여 그 홀로 있다네

엄마의 마음을 가진 존재로 하여
홀로 있음이 비로소 의미 있으니
홀로 있을 능력이 없음으로 인해
함께하는 마음이 사뭇 흐려지고

외면하여 돌아선 외로운 사람들이
제각기 자기의 본얼굴 잃어버리네

무너진 어른 속의 아이들이 제각기
찾아나서는 허허로운 하늘 존재가
두 손으로 외로운 입술에 젖 물리니
환하게 피어나는 꽃으로 눈 마주치네

면벽수행으로도 그대 거기에 존재 아니

수정같이 맑은 한점 동그라이 잉태하는
고독이라는 큰 스승 앞에 다시 앉는다네

가련하신 어머님

불현듯 마지막 체온 소진되도록
기다리시던
그 새벽 시간이 다시 그립습니다

기다림의 높이가 가파른 산이어서
하늘 향해
누운 자리여도 오르시기 힘드셨지요?

비로소 손에서 놓을 수 있었던 것은
내 품의 자식이 아니라
하늘 품의 몫임을 기억하셨던 것이지요

새벽에 일어나 홀로 앉으니
신부는 공항에 혼자 들어가는 사람이라고
매몰차게 이야기했던 아들 말에
한 번도
마중 나오지 못한 빈 공항이 못내 사무치네

저미도록 가련하신 나의 어머님이어서
탯줄로 이어진 인륜 다시 묶어 삽니다

어머님 생각

겨울이 서성이는 어머님의 창에
사념의 발자국은 어김없이 한 뜸 한 뜸
북녘의 고향을 꿰매어 부른다네

북쪽엔
함박눈이 쏟아져 내리는가?" 하시며
얼음 든 그리움을 잉크병에 휘적시던
함경도 시인의 겨울은

차마 그리운 그곳으로 하여
잠 못 이룬 빈 밤을 시로 채우고
하얀 벌판에 길을 낸 어머님을 불러도
돌아보지 않는 발자국을 다시 헤아리네

하늘과 땅 사이로 갈린 천연이어서
눈태풍 속으로 오신 당신의 일주기!

아침

파아란 틈 사이로
밤을 지새운 화가가 그린 흑백 위로
숨소리 숨긴 붓놀림에
게으른 종소리가
얹어지네

언 공기를 가르며 아침을 깨우는
독일풍 지붕 아래 정경이
하얀 눈위로 자국을 내면

맥주와 소시지가
겨울이라도 좋은 따뜻한 부뚜막에
계란과 감자가 몸을 틀며
접시에 어머니 내음도 함께 눕네

사제관으로 찾아오신 고운 나의 어머니
어머니 당신 추억은 잠들지 않아서
앞 마당 성모상으로 찾아오신

당신의 흔적을 헤아리는
들창 너머 그려진
신부의 아침!

어머님,
당신 계시는 세상
첫해는 어떠하신지요?

꿈에 좀처럼 오시지 않더니
어느 밤에 드디어 어머님 오셨다네

어머님,
들꽃 어루만지시며
미풍 담긴 들녘으로 오셨더군요

벌판에 햇살 가득하던 어린 시절
당신 주변 맴돌며 부산한 코흘리개들로
행복하셨을 오십여 년 전 정경으로 창을 여네

그리운 날
소중하게 꺼내 보는
마음 속 하얀 사진첩에는

봄볕 아래로 더 선명해진 어머님이
아름다운 바람 옷 너풀너풀 입으셨다네

롱아일랜드의 봄바람은 아직 차나
가만히 귀 기울이면 봄이 살포시 숨어 있습니다
벌판 내음이 실려 오는 날이면
겨울 봉인한 창을 열 것이니

어머님,
하늘과 땅으로 갈려도
당신 몸 빌어 세상에 서린 천연인데
봄나물 내음이 어찌 잊혀지겠는지요?
당신의 한해가 궁금하여
안부 드렸습니다

어머니 유월의 이야기

당신 손을 잡으면
이별이 뚝뚝 떨어져
차마 놓치 못하였습니다
같이 걸어도 앞으로 뒤로 서는 마음
엇갈리는 길목에서 고개 떨구고 등으로 말하였지요

모든 만남은 이별 고개 너머 되돌아오는 길이 있다고
주름진 얼굴 되어 비로소 해후하는 사람의 길
당신 얼굴 더 닮아져가는 이순이
덥석 안겨버렸습니다

자식 떠난 빈자리 세월이 길어지면서
들꽃 동산 당신 이순도 그렇게 가버렸지요
메뚜기 잡으러 가던 동자들 들놀이 시절에
어머니의 유월을 수놓던 아이들의 꿈이
이파리마다 물을 가득 머금어
푸르렀건만

막내의 얼굴에도 주름이 겹겹이 쌓여
개울에 머리 감으시던 그 시절이
어제인 듯 흘러갔다던 목소리로
유월의 이야기 듣습니다

어머니 - 언덕에서

밤 언덕에 서면
서녘 바람 타고 내린 공항에
분주한 발걸음 소리 건너오고
검은 머리카락 풀어 두 팔 벌리나니
그리움 비애에 젖어 동쪽으로만 간다네

골목길 끝나는 지붕 아래
사십 년 전 아버지 대문 열고 들어서면
앞치마로 손 닦아 마중하던 반가운 목소리에
문 열어 인사하고 들어가 버리던 꼬맹이들도
찬 겨울 바람도 허허 실소하고 지나갔었다네

밤 언덕에 서면
마지막 온기로 기다리시던
어머님의 목젖에 새벽으로 수혈하고

잿빛 머리카락 풀어
가득 담아 보는 아쉬움에

바람도 젖어 건너는 언덕에는
두 손 맞잡은 염원이 길이 머무네

어머니 – 고향

바다와 하늘이 가을옷 갈아입는 시간
뛰노는 아이야 귀 기울여라
밤이 찰싹찰싹 물 건너오면
별들이 마주나와 이야기 들으려 하네

하늘 바라보며 너울지는 바다는
우아한 군무들의 외로움을 알아
별을 지키다 둥근 가슴에 그리움 담네

하늘과 바다는 윤회로 돌고 돌아
그 간격을 바닷물로 채우듯
그 시절과 지금 사이는
망향가로 부르네

그리움으로만 만나서
바다와 하늘이 가을옷 갈아입는 시간
고향집 부엌에 가득한 어머니 내음새

내 손이 되어다오

대림은 은총의 시기이기도 하다네
예수님의 오심을 준비하는 시기에
메주고리예에 발현하신 어머니께서
다시 전언을 주셨네

더 깊이 마음에 와닿고
다시 한번 어머니의 마음
사랑의 마음과 애절한 마음을 느끼게 하네

사랑하는 자녀들아!
이 은총의 시기에
너희 가정기도를 새롭게 하라고 너희 모두를 부른다.
예수님의 오심을 위해 너희 자신을 준비하여라.

사랑하는 자녀들아
너희 마음을 순수하고 기쁘게 만들어라.
그러면 너희를 통해 그분의 사랑에서
멀어져 있는 많은 사람의 마음 안으로

사랑과 따뜻함이 흘러들어가게 될 것이다.

사랑하는 자녀들아
내 손이 되어다오
길을 잃고, 더 이상 신앙과 희망을
지니지 않은 이들을 위해 사랑의 손이 되어다오.

내 손이 되어다오
어머니의 이 말씀이 내 가슴을 뭉클하게 하네
어머니께서는 우리에게
손이 되어 달라고 말씀하시네
어머니의 손이 어떤 손일까 묵상해 보네

어릴 적, 배가 아프면
엄마는 손으로 제 배를 어루만지시며
엄마 손은 약손, 해욱이 배는 똥배라고 하시며
부드럽게 제 배를 어루만져 주셨다네

엄마의 손이 한참 제 배를 문지르고 있으면
그 따뜻하던 체온이 느껴지고
기분이 좋아지면서 아프던 배가
어느새 씻은 듯이 나았다네

성모 어머니의 손도 우리의 아픈 곳을 어루만지시며
낫게 하시는 손이 아닐까?
성모 어머니께서는
당신이 아픈 사람들을 어루만질 수 없으시니까
우리에게 당신의 손이 되어
아픈 사람들을 어루만져 달라고 부탁하시네

어머니께서는 우리에게 필요한 것은
우리가 먼저
우리의 마음을 순수하고 기쁘게 만들어야 한다고 말씀하시네
먼저 우리 마음을 순수하고 기쁘게 만드는 일이 참 중요하네
이 전언을 통해 어머니께서는 우리에게 들려주시네

우리의 손이 가장 필요한 사람은 바로
'하느님의 사랑에서 멀어져 있는 사람들'이라고 하시네
어머니께서 가장 마음 아파하시고
안타까워하시는 사람들은
고통을 받는 사람들이 아니라
'하느님의 사랑에서 멀어져 있는 사람들'이라고 하시네

어머니께서는 육체적인 병보다 영혼의 병이 든 이들에게
더 연민을 지니시고, 그들의 고통을 더 마음 아파하시네

바로 그들에게 우리가 당신
어머니의 손이 되어 주어야 한다고 말씀하시네

마음 안으로부터 사랑과 따뜻함을 느끼고 싶네
나와 똑같은 바람을 지닌 사람들에게
나도 어머니의 손이 되어 드리고 싶네
나는 어머니의 메시지를 통해
어머니가 주시는 사랑과 따뜻함을 느끼네

연꽃과 어머니

연꽃은 진흙탕에서 자라지만 진흙에 물들지 않고
연꽃 잎 위에는 한 방울의 오물도 머무르지 않네

연꽃을 바라보고 있으면 마음이 절로 즐거워지네
연꽃은 늘 푸르고 맑은 줄기와 잎과 조화를 이루어
연꽃을 바라보면 평화의 모습에 마음이 푸근해지네

연꽃은 싹틀 때부터 그 기품이 남다르기 때문이라네
오월의 여왕이신 어머니는 한 송이 연꽃이시어라.
아름다운 계절 어머니의 달을 보내며
어머니를 닮아 연꽃같은 사람이 되기를 바라네.

4

그 청년의 노래

그 청년의 노래

'비가'를 노래하던 장터에는
주름진 세월로도 끝나지 않는
비장한 노래가 여전히 들리네

은행잎의 연모도 서럽던 시절
회색빛 성당에 앉은 그 청년은
길어져 가는 검은 머리카락 풀어
하늘과 세상 사이를 이어가고 있네

여윈 어깨 위로
그 찬란한 태양도
불타는 황금빛 노을도
멀리 사라지던 허무의 절벽 끝에서
방금 부르던 노래에 울먹였었다네!

나뭇잎 느리게 떨어지던 계절
세상 젖떼기 준비하신
모르던 분의 숨은 뜻이 겨워서

'비가'로만 불렀었다네

슬퍼서 떠난 줄 알았던 세상
허무해서 놓아야 했던 인연들 그 뒤로
더 큰 사랑이 넉넉하여라
'비가'로 부를 수밖에 없었던 노래는
바람개비로 노을진 가을 하늘을 건너가네

삼종

성당 첨탑 위에 쉬던 물방울 하나 몰래 훔쳐
하늘에 매달다니 눈물 닮은 숙명을 삼켰어도
무릇 차오르고 넘치니, 들창 너머로 찾아온
저녁 노을에 물안개처럼 무릇 퍼지나니 아하

발길 멈추고 삼종을 외우니 머리를 푹 적시는
이천 년 검은 옷의 이야기가 물방울 닮았어라

그렇게 붙들어 맨 운명 오늘도 눈물 한 방울로
하늘 문 여는 자리여서 그리움 가득 담은 종이
첨탑의 노래로 서편 하늘 담아 길어버린 목에
둥그러니 아스라이 길게 짧게 목을 드리우네!

장마

서서히 여름이 짙어가는 계절이 돌아오면
청춘의 열기 식혀야 갈증이 깊은 한숨으로
회색의 하늘을 열어 열심히 삼켜댔었다네

하늘이 갈라져 대지를 심하게 꾸짖는 소리
밤으로 숨어 하늘과 땅을 잇는 여름 절규!

아 복중 팔월이 무릇 비 그치지 않는 칠월이 있어서
미리 준비되는 자연 질서를 고독과 은총의 조화라고
어둠의 골짜기가 깊다면, 은총이 동반하는 연고라고
어느 시절 우리는 주일 학교에서 그렇게 배웠었다네

어르신의 능선 높아 보이는 초입에 서서
느리게라도 오를 수 있음을 간절히 비는
낙산 청년의 머리로 하얀 비가 내린다네

잉크

동해바다를 찍어
원고지에 부으니
파랗게 멍들어 번지네

아프지 않고 쓰여지는 글이 어디 있으랴!
눈물 흘리지 않고 읽는 시 어디 있으랴!
한 점 머금어 살아내는 펜이
그리움의 색을 알아 바다로 몸을 던지네

하나로 되는 운명이어서 다시 소진해야만
태어나는 창작의 열병이여!
차가운 등 뒤에서 일편단심으로 써보는
다만 갈애라는 두 글자가 파랗게 멍드네

매미

그리움은 노래라서 몸 채워서 태어나네
하늘을 우러르지 않을 수 없어서 다만
바람 머금은 나뭇잎 사이로 고개 들어
가만이 별이 떨어지는 숲에서 사노라네

하늘과 땅이 만나는 곳에 비 내리니
여름 아침이 태어나는
기쁨과 죽어가는 작별로
슬피 울어야 한다네

삶과 죽음 사이의 덧없음을 길을 내어 배우고
귀와 가슴을 찢어서야 그리움의 혼이 달래지는
득음을 향한 본능이 우는 숲, 숲에서 사노라네
무릇 목젖 아프게 부르는 슬픈 사모곡이어서
여름 숲속으로 부르면 다만 깊어만 간다네

비안개에 젖은 나무

나무는 가림이 없네
비가 오면 비에 젖고
바람이 불면 바람에 흔들리네

조이스 킬머는 노래하네
나 같은 바보는 시를 쓰지만
나무는 팔을 들어 하느님을 찬미하네

비안개에 젖은 나무는 우리에게 가르쳐 주네
받아들임이 가장 큰 찬미라는 것을
이른 새벽 나무가 먼저 깨어 있네

동해

고향에는 아련한 그리움으로 간다네
망자의 눈이어서 더욱 또렷하고
그 자식은 애닳음 간절함으로 간다네

펼쳐진 해안선 따라서 뛰는
아이의 발자국들을 파도가 훔쳐갔는가!
숨겨논 모래의 추억 찾으러 갔나니
파도도 백발이 되고 키가 작아졌어라!

이원에서 흐르던 남대천에 남겨진 그리움이
원산에서 헤매이던 남대천의 아우 이름이여
양양 남대천에서 부르는 망연한 옛 노래여!

남대천은 홀연 가람 언덕으로도 찾아와서
실향 그리움을 물 위로 띄우고
귀 기울여 고향 소리 듣는구려

어찌하여 북녘 어머님의 고향은

주문진 가는 강릉 앞바다에서도
홀연 숨죽여 울먹여야 하는가요

고향과 그 사람들 소식을
파도의 흰 거품으로만 들어야 하는
동해의 눈물에 다시 씻겨가는 그 발자국들!

주문진 바다에서

뭍과 바다가 만나는 곳에 사는 사람들
매일 먼 수평선을 안아 마음에 들인다네

아무도 모르게 허전한 가슴 한편으로도
짠물로 적셔도 아린 상처가 혹독하지만
뭍과 물이 서로 만나 갈라서는 곳이어서
그리움이 거기에 아스라이 머물러 울고
끝내 못내 떠나지 못하는 미련으로 우네

매일 매일 작별하지만 아쉬워서 또
되돌아오는 파도의 속성으로 운다네
못내 돌아오지 않는 그를 담은 바다
남겨진 그 님을 긴 밤으로 애무하네

아침이 되면 매일 태어나는 동그라미
일출도 수평선 함께 품어 마음 드리려
서쪽 하늘로 달아나지 않을까 봐
속고 속아도 붙드는 작별로 우네

마음

깨어진 그릇이어도
잘 싸서 담아야 함은
당신이 행여 다치기 때문이니

마음이 깨져 버리면
무릇 그 날카로움 깊어
그대 심장을 벨까 봐 두렵다네

깨어진 조각이면 붙이기라도 하련만
가루가 된 그릇은 화장터의 재와 같아라
무너진 넋 갈 곳 없음 아나니
쓰린 아픔, 그 정도만 하여라

조각이라도 남아 있다면
피로 흥건해진다 하여도
말할 수 있을 것이라네

살아있는 이가 아름다운 것은

기실 흠이 없어서가 아니라네
깨어진 상처를 안고 긴 인고를 통과해
기어코 다시 태어났기 때문이라네

고개 숙인 벼들을 바라보며

누렇게 익어가고 있는
고개 숙인 벼들을 바라보며
리영희 선생이 했다는 말이 생각났네

"전에는 한국의 진짜 아름다운 단풍이
바위산에 핀 붉은 색으로 알고 있었는데
아니야, 누렇게 보이는 저 벼들의 물결이
진짜 아름다운 단풍이라는 것을
이제 알게 되었네."

태풍과 수해로 이미 농사를 망친 농민들에게
참으로 안타까운 마음을 함께 나누며
시름을 놓은 농부들에게는
가을 햇살이 반가운 선물이 아닐 수가 없어
감사 기도를 드리네

요한이 자기들과 함께 다니지 않는 어떤 사람이
예수의 이름으로 마귀를 쫓아내는 것을 보고

그런 일을 못하게 막았다고 자랑스레 말씀을 드리자
예수님께서는 분명히 말씀하시지요.

"말리지 마라. 내 이름으로 기적을 행한 사람이
그 자리에서 나를 욕하지 못할 것이다.
우리를 반대하지 않는 사람은 우리를 지지하는 사람이다."
요한의 모습 안에 바로 우리들의 모습이 담겨 있네

우리 인간은 참 편을 가르고
상대편에게는 빗장 걸기를 좋아하네
경계를 짓고 울타리를 치는 일들이
언제부터 생겨났을까?
아마 인간 삶의 자리 태초부터 아니었을까?

못

벽으로만 존재하는 숙명
가파라서 간절히 붙드는
못내 생명을 건 집착이라네

담쟁이가 벽을 사모하듯
목숨을 건 애절함으로 너를
기어코 붙든다네

그리움은 단호하여서
무심한 그대 향한 집념
멈추지 않으니
오롯하게 매달려야
비로소 존재하네

얼마나 간절한 그리움이길래
벽지 뒤에 그 많은 아픔을 숨기고
다시 너를 향해 매달려 오르는지 모르네

벽을 붙들어야만 사는 운명이라서
생명을 건 그 애착으로 서 있다네

석장리 간 제자들

백발 교장 선생님도 중년 시절 있어서
중년의 아들과 제자들이
세월에 숨겨 온 흔적을 찾아와 더듬으니

교정에 잠들던 동상들이 살아나
새벽 안개 속에서 몸을 튼다네
폐교가 된 정문 뒤로 멈춰버렸던 아이들

푸른풀 퍼져가는 회색 운동장을 휘적이고
아무도 가르쳐 주지 않은 움직임 스스로
알아서 오롯한 생명으로 춤을 춘다네

부드러운 몸놀림에도 아이는 깨어나고
동상마다 저마다 이름을 지어 불러주면
잊혀진 혼이 찾아와 꿈틀거린다네

중년의 제자들이 아이를 알아채고
죽은 동상들마다 원래 이름을 찾아주고

거짓 혼을 쉬게 하여
참 넋을 들이는 삶에 운명을 걸어
이 땅에서
정신분석이라는 문을 열었기 때문이어라

교장 선생님 아들을 스승이라 부르는 그들에게
함께 가자고 손 잡은 교정이 햇살로 반짝이고
석장리 토요일이 무리지어 옛 이발소로 간다네

여름 고향

타향 실향민 자식은
부모님 추억 속에서 고향을 살고
낳고 자란 곳에서 어린 추억 쌓아
그리움이 유전되어 산다네

겨울 성 너머 잘린 벼 사이로
얼음으로 축구하던 벗들이 자라
손주들 자랑하는 주름 미소 속에
아이의 눈동자 아직 선한 이들 안에
아스라이 아름다운 고향이 담겨 있다네

채석장 타고 울리는 메아리는
분주히 공놀이하던 시절은 까마득히
채석장을 모르는 사람들의 공원이 되고
지팡이든 노인들의 숨 고르는 고향이 되네

대지를 깨우며 배봉산에 도착한 아침해
굴다리 너머로 길고 긴 그림자 눕히면

풀벌레 소리 요란한 아직도 여름이던
그곳도 고향이라 남대천이 흐르네

달

은하수 위에 부친 아름다운 꽃 전
손가락 끝으로 따 먹으려 하니
바람이 나무잎을 흐트러서
숨바꼭질만 하다가 겨우
겨우 붙들어 놓네

밤하늘 이불 삼아 누우니
별꽃 모자 쓴 미소 고와서
그 모습 고와 손을 뻗으니
밤이어서 잠자러 가 버렸네

밤으로만 길을 나서도
둥근달 이미 비추어
다시 찾아 오소서

바람이 머무는 언덕

탈 쓰고 남의 마차 끄는 인생
차마 비바람 오르막길이어도
숨 고르지 못하고 굴러 가네

슬픔도 미소도
때로는
쉬어가야 하네

바람이 산을 오르면
능선에 다다라야
갈 길을 알 수 있는데
남의 길을 가던 사람들
주저앉아서 일어날 줄 모르네

길을 찾아
제 길을 가려는 가운데
언덕 위에 서성이는 바람이 속삭여 준
쉬어가는 인생길

역

색 바랜 의자의 소년은
무거운 가방과 미래를 품고
기적소리에 놀란 철새 떼 쫓았네

하늘이 높아가는 계절이어도
낮기만 하였던
실향이라는 카인의 인호
무겁게 유전되어 여전히 남네

시간이란
붓이 그려낼 앞날은
부모님의 여백으로 짙게 남겨졌었네

열차칸이 끝나도
검은 바퀴로 도는 생각의 꼬리들은
매일 침목을 채우며 따라와
고문서의 묵은 냄새처럼
도서관에 앉은 석상되어 얻은 미소로

기적소리 멎은 기차역에 돌아와 앉네

저 높은 곳으로 전하고 싶은 말이 있어서
책가방과 고뇌로 빚어낸 기쁨을
기러기 떼에 실어 보내네

두 분의 삶이
하늘과 땅으로 갈려도
닫아버린 역과 학교 사이의
책가방 든 소년을 붉게 물들이네

갈대는 강하네

갈대라고 읊조리면
가장 먼저 어떤 이미지가 떠오르는지 알고 싶네
많은 사람이 파스칼의 '팡세'에 나오는 유명한
"인간은 생각하는 갈대다"라는 말이 아닐까?

천재 수학자이며 철학자인 그는 말했다네
"인간은 수증기 한 방울로도 죽을 수 있을 정도로
갈대처럼 연약하다. 그러나 인간은 생각하는 갈대다."
파스칼이 억새를 갈대로 착각한 것이 아닌가 생각하네

갈대는 주로 강가나 냇가의 습지에서 자라는 식물로
억새보다 더 굵고 강하고 억세다네
양자는 모두 줄기가 속이 비어 있고 마디식물이나
이미지는 다르다네

갈대의 모습은 약하지 않네
겉만 보면 갈대가 바람에 흔들리는 모습으로 보이지만
갈대의 강한 모성애를 알게 된 까닭이라네

여름까지 바람에 쓰러지지 않고
서 있는 것은 속에서

새로 자라나는 새끼 갈대가 바람에 깔리지 않고
잘 자라기를 기다리며 강하게 지켜주기 위한 것이라네
새끼 갈대가 이제 혼자 힘으로 버틸 수 있을 때
비로소 바람에 몸을 뉘인다고 하네
이런 강한 모성애를 지닌 갈대를 누가 약하다고 하리오?

병

우리도 때로 병들어 아플 때가 있고
아픈 사람들이 얼마나 많은지 모르네
우리가 병들어 고통을 체험하거나
지인들 가운데 아픈 사람들을 보면서
정말 우리가 건강하다는 것이
하느님의 축복인 줄을 깨닫게 된다네

건강의 소중함을 생각해서 필요할 때
쉴 줄 아는 지혜도 가져야 하네
우리가 아픔을 체험함으로써
아픈 사람들을 이해하는 마음을 배우고
우리보다 더 고통받는 사람들을 생각하네

가족이나 친척도
아무 돌볼 이 없는 환자들이 있고
시한부 인생을 살아가는
죽음을 앞에 둔 이들이 있네
이들을 위해서 기도하게 되네

우리는 근본적으로 서로 도우면서 살도록
그렇게 지음을 받은 존재이네
절대로 남의 신세를 지지 않는다고 하면
그것이 얼마나 큰 교만인지 모르네
사람은 서로 의지하면서 사네

우리의 고통과 아픔을
주님께 맡겨 드릴 수 있는 마음을 가져야겠네
궁극적으로 우리를 치유해 주시는 분은 주님이시네
주님이 때로는 의사들의 손을 통해
때로는 따뜻한 어머니의 약손을 통해 우리를 낫게 하네

뇌성마비

몸으로 카르마를 새겨서 사네
아침에 피는 꽃으로 사네

위선의 옷을 벗고
본능으로 사는 순수여서
붉은 꽃은 파닥거리며 피네
위선을 우아함으로 가장하는
부끄러운 몸짓들이 모두 초라하네

새처럼 날개로 웃는 자연인에게
문명인이라는 이름 내리고
고개 숙이니
비로소
부끄러워하네

서대문 로터리에서

아버지의 외가댁에는
고향에서도 실향의 땅에서도
할머니의 부드러운 젖이 흐르네

'엄마의 말뚝'의 박완서 어린 시절
급하게 삼키던 무우가 아직도 체하여
가슴의 이야기 서로 교차하는 곳이네

안산과 인왕산 사이의 시냇물이 있어서
거대한 도시 아래로
사라져 버린 실개천의 전설은
영천이라는 이름으로 남아서
실향터를 사는 더운 젖이 되었다네

인왕산 끝자락으로 이사온 할아버지는
"외삼촌 사시던 한옥은 없어져 버렸네" 하시고
아들의 가슴에는
서대문 로터리 아래로 묻힌
또 하나의 남대천 이야기가 더운 젖으로 흐르네

하늘과 땅의 이치

저는 하늘을 믿는 사람이라네
하늘을 하느님이라 해도 좋고
깨우침이라 해도 좋고
사는 태도라 해도 좋습니다!

정신분석하는 사람들도
The Third 제 삼성에 대해서 말하네
두 사람만으로 부족하기 때문이라네

땅에 사는 사람들이 땅으로 닫히면
땅은 살아있는 공동묘지가 된다네
사업도 흥함으로 죽어가는 자들이 있고
관계도 승리로 고통받는 자들이 있네

사랑으로 병들고 죽어간다면
그조차 큰 이름의 작은 살인 도구일 뿐
대화로도 상처의 골이 깊어가는데
그대와 나만으로의 해법이 어려운 것은

서로가 허약한 존재이기 때문이네

하늘은 공기와 같은 공동 소유여서
아집으로 탁해지면 함께 죽는다네
나보다 하늘을 믿어야 하나니
너와 내가 함께 숨을 쉬니
하늘에 길을 내어 주네

3월의 눈 속에서

하얀색도 검은색으로 변하니
빛은 어둠으로 빛나고 빛나서
순백은 세상에 견주어 청초하더이다

들뜬 풍랑 한가운데서
용서라는 난파선은 조각나 표류하네
죄인과 성인은 종이 한 장 차이이나
본 모습 잃은 사람들이 살아가는구료!

눈으로 덮어서라도 가리워주신 하늘이여
세상에 순백이 있기나 하는지요?
부끄러움의 투사가 빚어낸
푸르디 하얀 천사는

죄라는 어두움도
성인도 없음을 알아
사람들 속에 살아내기 겸연하다고
아이들 소망 속으로 살며시 숨어 버렸다네

그리움

마음의 흔적들이
차곡히 쌓이는 동안
밤은 어둠 속에서
하얀 백설기의 이야기를 들녘과 나누네

지붕 아래마다
찜통으로 김이 서리는
뿌연 유리창 속의 겨울 이야기를 듣네

그리움은 눈처럼
소리 없는 흔적이어서
남대천에 드리운 넋으로
하얀 꽃신, 나룻배가 건너네

석양

성급한 태양이 바다에 뛰어드나니
사라져가는 그대를 금새 붙들어도
반대편 세상을 깨우러 간 동그라미
원시의 색 남기고 작별이 붉어지면

하늘과 바다가 같은 색으로 닮아져
오래 산 연분들이 저리도 애닲구나
지금 알게 된 지혜를 그때 알았다면
어떤 다리를 놓아 여기서 만났을까?

감사와 후회가 펼쳐진 바닷가에서
수많은 인연들이 평행선으로 사네
세월과 더불어 닮아진 접점을 보니
해를 삼킨 해후와 이별이 짧다마다!

창

바람 마중하는 곳에 멈춰 마음 창을 여니
서성이는 겨울을 전송하는 바닷가에
봄이 잠든 대지를 간지르네

성당의 종소리 해안선 따라 너울너울 건너오면
마음에 숨긴 샘물 소리 묵언의 빗장을 풀고
다시 입은 제의 펼쳐 추위 품어 안네

뭍과 물이 만나는 곳은
하늘과 땅이 만난 태고의 그리움 자리여서
이른 새벽 홀로 서신 그분께
고독을 업으로 사는 사람
찾아와 엎드리니

십자가 위에 홀로 지샌
밤을 아는 사람이 되어
새벽 안개에 물들인 하얀 제의 다시 고쳐입네

못자국 새겨진 손이 전하는 평화를
작은 불씨 지펴 두손 모은 사람들과 뒤섞으며
하늘과 땅의 이야기 함께 펼치리니
바람 마중하는 창으로 스미며 드는 당신의 봄!

오월의 기도

계절의 여왕이어서
수줍은 그리움을 머리에 이고
겨울을 견딘 나신을 보듬어 안는다네
그 아래로 무채색 자리를 펼치니
햇살이 엿보는 틈새와
숨바꼭질하다

오후가 할아버지처럼 졸고 있네
짧은 계절이어서 남길 이름이라도 있을까?
여름은 성성하여 영원히 푸르를 것처럼 하더니
세월로 영글어 청년의 기운 잃어감을 알게 되리라

색깔마다 사연들 달라도 미소로 맞이함을 배우고
섬은 끝자락까지 석양으로 번져가리라
나그네의 창가에 다시 드는
하얀 계절이 찾아오면

세월의 길 곱게 접어서

등에 짊어질 것이니 무거워도
봄날의 꿈은 너무 짧고 성급하여라

슬프지 않은 그리움 있을까?

침묵으로 낸 길의 끝에는
그리움으로만 닿는 눈물을 아는 사람들
삶의 무게가 버거운 고개 넘으면 또 고개라서
슬픔부터 먼저 배운 이름이어라

용광로처럼
가슴에 재로 남겨진 당신을 안는다네
뼈로 새긴 이별 삼켜야 해서
풀어내도 얽히기만 하는 그 그리움에 닻을 내린
이순의 강변에는
그리움으로만 건너는 나룻배 뜬다네

동그라미 무늬로 왔다가 금방 지워지는 인생이라서
강물에 띄운 가을잎 같은 이름
망각의 강 건너더니
이내 되돌아오고

그리움은 이승에만 있어서
말을 잃은 가슴속에는 비만 내리네

가슴에는 시가 있어서

중천 하늘빛 짧은 그림자 만들어 한나절을 고이 접고
숲속의 생명들은 빛으로 모였다 흩어지다를 반복하네
빼곡한 나뭇잎 사이 사이로 스미는 달님으로 하여금
숲속에는 가슴에 넘치는 고운 연두빛 여름 앓는다네

밤마다 풀벌레 울어대는 연유는 무슨 까닭인지 아네
말로 담아내지 못하는 그리움이 앓는 까닭이니 아하
밤마다 솜을 트는 물레질 소리로 담아내어도 넘치네
내게는 아무리 해도 시가 되지 못하는 가슴앓이이여!

지구별의 몸살

지구별
우주에서 보면
아주 작은 행성이지만
생명체가 사는 유일한 행성으로 알려져 있네

이 지구별이 지금 심한 몸살을 앓고 있다네
그 몸살의 하나가 바로 지구 온난화이라네
지구온난화로 인해 북극의 냉대를 지켜주던
한계선의 파괴로 냉기가 휘몰아쳐
우리는 극심한 한파에 시달리고 있는 것이네

중국 천진의 첫 이미지가 다시 떠올랐네
회색의 도시, 춥고 음산할 뿐만 아니라
공장에서 뿜어 나오는 매연이 아주 심한 곳이네
그저 바라보는 모습만으로도
쉼쉬기 힘들게 느껴지는 삭막한 곳이었네

김정욱 교수의 글에서 지니게 되는 이미지

그 이유를 헤아릴 수 있었네
중국이 공업화되면서
우리의 환경 상황은 극도로 나빠지고 있다네

황사는 중국 북부 일대가 사막화되기 때문이라네
과도한 목축으로 초지가 사막이 된다고 하네
양떼들이 풀뿌리까지 다 뜯어먹어
양떼가 지나간 곳이 초토화된다네

황사보다 더 심각한 것은 대기오염물질이라네
중금속이 많이 들어 있기 때문인데
바로 이런 석탄을 태워 말리기 때문이라고 하네
중국에서 내리는 비는 맞으면 안 된다고 하네
암모니아가 다량 들어 있다네

고릴라가 핸드폰을 미워하는 이유는
마치 '나비효과'와 같다네
핸드폰 생산이 늘어날 때마다
아프리카 콩고에 사는 고릴라가 죽어간다네

휴대전화의 중요한 원재료가 되는 물질이
콩고에서 나오는 '콜탄'이기 때문이라네

아프리카 콩고의 카후지 비에가 국립공원에
콜탄 채굴 광산이 생기면서
고릴라 서식지가 완전히 파괴되고 있다네

우리가 핸드폰을 너무 쉽게 바꾸지 않고 오래 쓰는 일
핸드폰에 매여 살지 않는 일은
단지 통신비를 아끼고 물자를 절약하는 차원에서뿐 아니라
지구 반대편의 소중한 생명들을 보호하는 거룩한 일이라네

북경에서 나비 한 마리가 작은 날개짓을 시작하면
뉴욕에서 폭풍이 몰아친다는 나비효과처럼
한국에서 핸드폰 소비량이 늘어나면
지구 반대편 콩고에서는 고릴라가 죽어가고
무의미한 내전으로 많은 사람이 죽어가게 되네

지구별의 나그네인 우리들이
지구온난화에 대한 생태환경학자들의
경고를 무시하는 동안에 북극곰이 사라지네

산

산은
말의 요란함에 지친 사람 누이고
산은 도무지 아무말도 하지 않았다네

산 아래 사람들은
황금 송아지 성전에서
자신의 옳음을 다만 제사에만 탐닉하네

먼 바다 가운데 성난 태풍
수십리 떨어져도 쏟아내는
나뭇잎 거칠게 우는 세상은 무심할 뿐이네

칼든 정의와 빛 잃은 용서는
외나무 길에서 돌연 외면하고
귀먹은 장님들 사이로
길잃은 행렬은 돌고 돌아도 산은 말이 없네

구월 단상

깨우침 얻었다는 그들에게 물어
하룻밤 지혜 동냥할까 싶었다네

복중 더운 강 건넌 도량에도
시원한 답이 없는 그 물음들
그리운 사람들 차곡차곡하니
이순 고개 넘어서 서성이어라
기억의 저울 무거워져 갈 뿐이네

목마른 사람들 해갈할 양식 없어
한가한 도 타령조차 아 허망하여
자신이 자신조차 부끄러울 뿐이네
때로는 그 부끄러움조차 사치여서
기억의 저울 무거워져 갈 뿐이라네

예수님의 기도

기도 안에서 예수님께서 제자들에게만이 아니라
이스라엘 백성들에게 하셨을 말씀을 귀 기울이네

그대들은 이스라엘인이라는 자부심을 갖고 있네
그대들이 하느님께서 선택하신 백성이기 때문에
구원받으리라는 생각을 지니고 안심하고 있다면
그것은 오산일 뿐만 아니라 찬란한 착각을 하네

그대들은 예언자들의 말을 귀담아 들어보시오!
하느님께서 좋은 참 진짜 진종의 포도나무를
땅에 심으신 것은 그야말로 사실이라네
예언자 예레미야의 말대로 그대들은
점점 품질이 나쁜 잡종으로 변했네

예언자 호세아 애통해하면서 한탄대로
열매가 많을수록 제단만 늘어갔구료
하느님 아버지가 원하시는 것은
제단의 향이 아니라는 말이네

예제키엘 예언자의 예언대로
마치 잘못 자란 포도덩굴을 땔감으로
불에 집어넣듯이 그대들이 불에 던져질 것을
가만히 생각하노라면 내 가슴이 찢어지는 것 같네

이제라도 그 불을 면하려거든
제발 아버지께서 보내신 나 예수를 믿으시오
내가 참 포도나무이네
내가 그대들을 구원한 진정한 구세주란 말이네

그대들이 구원을 얻으려거든
모두 나에게 붙어 있어야 하네
단순히 나에게 붙어 있을 뿐만 아니라
열매를 맺어야 하네

어떻게 해야 열매를 맺느냐고 묻네
내 말을 실행하는 것이라네
그대들 자신의
그리고 서로의 내면을 바라보아야 하네

진정으로 서로 아껴주고 사랑하고

가진 것을 나누고
정의가 강물처럼 흐르게 해야 하네
나와 함께 머무르시오
가지가 나무에 붙어 있어야 생명을 유지하듯이
나에게 머물러야 사랑의 열매를 맺을 수 있다네

수몰 마을 사람들

입양아처럼 맞춰지지 않는 퍼즐 품은 아이
마른 땅 끝나고 물의 경계에 제사상 차리네

과거와 단절된 곳에서 듣는 차가운 물결 소리
조율 어긋난 마이너 음계로 위로해야 하는 넋
무덤처럼 애절한 기억이 이끼 낀 채 잠겨있네

휴전선 넘어 발길이 끊긴 남대천 건너 마을에도
청계천 강둑 따라 장마철 물 퍼내던 친구집에도
브라이트 공원 그늘 차 마시는 신사들의 타향도
담수 차오르면 조금씩 잠겨 가던 기억만 가득하네

낯선 누구이거나 옛 시간에 잠긴 고향 떠난 동향인
이 도시에서 사랑의 흔적 만들어가는 젊은 청춘들
공원에 앉아 삶의 퍼즐 맞추며 소일할 나이가 되면
물 때 차오르는 오늘
하얀 풍선 실려 푸른 하늘 건널 것이네

조국 선진화 구호 아래 헌납한 고향 눈물로
채워 만든 수력 발전소 희미한 그림자 어려
아이 때 추억은 시간 차오를수록 더 진해져 가네

매일 귀 닳아 다시 펴는 흑백 사진첩 위로 노 저어
어린 눈 가득 올려 보던 하늘 자리 떠날 줄 모르네

실락원

아담과 유혹자는
시간을 빗겨 사는 유령 같아도
세상을 호령한다고 서로 자랑하였네

저주를 배에 깔고
찬 체온을 운명으로 숨어 사는
본능이 닮았는지 천사의 자손이기를 소망하여도
뱀은 어두운 뒷길을 아나니
영악함과 싸우다가

지친 어제로
실락원은 매일 무거워 간다네

지혜 열매 훔친 연륜에
그날은 인간이 쫓겨났지만
간교함과 한 공간을 나눌 수 없어서
오늘은 뱀을 추방하였다네

나무와 파도

나무는 늘 그 자리에 있고
파도만 나무를 향해 달려왔다가
사랑의 밀어 속삭이고 다시 물러가네
그 사이에 모래사장이 놓여 있네

하느님께서는 늘 그 자리에 계시고
우리는 그분과의 사랑을 줄다리기하네
때로 가깝게 다가갔다가
때로 저 멀리 달아나네

나무와 파도 사이의 모래사장은
우리가 머무는 세상이라네
파도와 나무가 하나 되는 그날
그분 품에 안기게 되리라 믿네

겨울 찬가

흐린 하늘 찾아온 아침
쌀쌀한 바람 뒤로 봄이 숨었네

얼음든 마음 아직 비우지 못했는데
따뜻한 온기 담으려는 성급한 삼월
겨울이 아직 허기진 것은 아이 때
온기가 그리워서이지

추운 볼 감싸안던 품
두 손 비벼주던 큰 손
이 시대는 정에 배고픈 줄 모르고
거친 끌로 가슴 파서 병들어가네

눈과 혀 무표정한 얼굴 근육
공감력 잃은 섬뜩한 독칠하고 사네
절름거리며 달리다 넘어지면
조롱하며 밟고 가는 군중

때론 푸른 하늘도 흐리게 쉬어가네
겨울이 길어서 봄이 감사한 것처럼
패자의 치욕 위에서 웃지 말자
봄은 겨울을 견뎌 얻은 선물이어니

매미 소리

매미는 단지 4주일의 화려한 삶을 위해
그의 일생의 6년 가운데 5년 11개월을
고스란히 땅속에서 애벌레로 산다네
고향 숲에는 온종일 매미들이
찌르 맴맴, 단잠을 깨우네

매미의 그 소음에 가까운 합창을
경이와 찬탄의 심정으로 듣게 되었네
나는 한 마리 매미인가?
여기서 찌르찌르 저기서 맴맴
때로는 합창을 했고 때로는 독창을 하며
내가 울어 젖힐 나무와 숲을 날아다녔네

매미도 한참을 우노라면
제풀에 지쳐 조용히 바람 부는 소리를 듣네
나뭇잎 사이로 파도타기 하며 넘어온 바람이
푸른 내음을 내며 옷깃을 살랑거리니
문득 애벌레의 세월이 내게 그리움으로 다가오네

나는 세상에서 가장 행복한 애벌레가 되어 있었네
한 번도 느껴보지 못했던
기쁨이 조용히 가슴을 흐르고 있었네
드디어 양쪽 어깨에 하얀 날개를 달고
한 마리 매미가 되었네

하늘에 떨고 있는 별처럼
나는 가슴을 떨며 애벌레의 세월을 감사하네
땅속에서 조그만 구멍으로 그리도 많은 매미를 보며
무슨 생각을 했던가?
나는 매미의 시원한 울음의 의미를 몰랐네

나는 단지 시간이 애벌레가 껍질을 벗고
매미로 날아오르는 틀인 줄로 알았네
그것이 하나의 기적인 줄을 진정 나는 몰랐네
그것이 그리도 큰 은총인 줄을 미처
상상이나 할 수 있었으리!

한낱 매미의 울음을 통해
그리스도가 흙 속으로 들어오신다는 것을
단지 이론으로 알았을 뿐이었네
이제 애벌레의 허물을 벗고

매미가 되어 갖게 된 떨리는 체험은
경외심 그 자체였네

죄인의 손을 통해
그리스도께서 빵과 포도주 안에 오신다는 것이
가슴으로 손끝으로
숨 죄어오는 느낌은 말로 표현할 길이 없네
이 벅찬 기쁨을 시원한 울음으로 노래하리라

여름이 얼마 남지 않았다 하더라도 힘차게 울리라
여기서 찌르찌르, 저기서 맴맴.

혼자 나는 갈매기

파도가 밀려와 젖어드는
푸른 줄무늬 모래 위에

갈매기들 함께 모여
정담을 나누는데
한 마리 혼자 높이 날고 있네
혼자 날지만 홀로가 아니라
동료들과 함께 있는 것이리라

우리가 혼자
무엇인가를 하고 있다고 생각할 때
잊지 않아야 하리
우리는 홀로가 아니라는 것을

머무는 시선 그 앞이 아닐지라도
벗들이 함께 있음을 생각하여야 하리

겨울 나들이

낯선 거리 얼굴 피하지 않아도 편안한
삶터 떠나고 싶은 사람 너뿐이었을까?

성질 더럽던 네놈 이 세상 있으면 좋을 날이 많아져
선술집 창가에 마주하고 잔 기울였던 자네 그립구나
날도 구질한데 한 잔 하자 하던 전화 너머 목소리가
모르는 거리에서 쓴 웃음짓던 너의 고독 선명한 날

무거워하던 벌써 날개 접은지 삼 년째 되는구나!
목화 솜틀 트는 계절 그냥 지나칠 수 없지 않은가!
귀에 물 찬 듯 먹먹한데 걱정 함께 나누던 긴 식당
투병 이래로 오지 못했었는데 오랜만의 나들이구나

눈 태풍 다녀간 시내는 몇 일째 유리창 촉촉이 젖어
혼자의 술 맛들이면 좋지 않다던 그대의 잔 넘쳐나네
우리 그날들처럼 추굴추굴대는 겨울비가 친절하셔서
동 트기 전에 오른 새벽 기차 창으로 다니러 온 거지?

5

코로나 시대

성탄절

코로나로 사라진 그들은
공동묘지와 장의사로 황망한데

성탄절 이브 새벽은
촛불 밝히며 다시 돌아왔다네

그는
실로*를 버리셨고
예루살렘을 버리셨다네

우상숭배 시대는
종소리 멈추지 않아도
검은 옷 주섬주섬 입고
곧추서서 강복한다네

이브날 길 떠나는 사람들
추운 하늘길 살펴 가시게나

통곡의 벽 앞에서 전하는
성탄절 인사

---

* 실로는 출애굽 이후 여호수아가 가나안땅을 정복하면서 판관 시대를 통해 약 350
  년가량 계약의 궤를 모신 첫 성전이 있던 곳입니다. 다윗 왕실은 우상숭배로 타락한
  실로를 뒤로하고 계약의 궤를 예루살렘으로 이전하였습니다. 그러나 이스라엘은 아
  시리아에 722년 BC에 멸망하고 587년 BC에 바빌론으로 귀양가면서 예루살렘 성전
  은 다시 파괴됩니다.
  재건된 성전은 70년 AD에 로마에 의해서 완전히 멸망합니다. 현재 예루살렘에 통곡
  의 벽은 로마 압제 당시 남겨진 유일한 성전의 흔적으로 유다인들은 성전을 잃은 아
  픈 기억을 상기하며 다짐하는 곳입니다.

심장에 박힌 혀

심장에는 혀 있어
푸른 바다 짙게 멍드네

허나, 말하지 않는 너
수평선 저편 긴 사념 숨네
자율신경계 가슴 앓이
흐린 원죄의 기억 선명하고

주름 테 두터워
병 깊어간다네
잊힌 겨울 추억하는
심장 시리고 시리다네

혀 묶여 부르지 못한 이름
다만 수북이 쌓일 뿐이라네

코로나 크리스마스

사랑 담을 수 없는 말
나그네 되어 고단하네

실어증과 심장병
과연 동의어일까?

살얼음 세상 사이로
발걸음 무거운 사람들
영혼은 그리움 고이고
가랑비 그치지 않네

심장은
잃어버린 고향을 아네
가슴이 더운 연유로 하여
나그네의 세상 품으신 말씀이라네

한계선

그 오만한 태양 궁창에 매달렸다네
웃통 벗기는 더위 한계선에 다다라서
생사의 호흡 붙든 병상의 쪽지를 들어

질식사 최종 선고받은 세례명 제단에 누이고
코로나라는 이름 듣고 시편 8편을 펼치이네
그 종락 무엇이기에 결코 아니 잊으십니까?

달려간 양로원에 할아버지가 남긴 똥냄새
차마 견디는 종부성사의 놀라운 힘
이마와 양손에 기름 붓는다네

이승 세월 뒷켠에 가벼워져가는 기억들!
다음 세상 옹알이 성급히 배우며 놓는 손
해가 중천일 때 다만 고개 숙이지 않아서
나직히 누워서 하직하고 흙으로 돌아가네

성당 주차장 넓은 얼굴로 검게 타들어가고

얼굴마다 풍선껌같은 마스크 드리웠다네
도대체 사람이 무엇이기에 이토록 살피십니까?

동쪽으로 지는 해

나뭇잎 색색 물들이는 무지개
서쪽 끝 하늘에서 동녘 끝으로
안개 깊은 다리 엮어 놓는다네

전쟁 끝나면 집에 온다던 사람들
러시아 민요에 마음 달래도
마음속 아리랑 그치지 않네*

땅 뒤집어 밭 일군 거친 손
할아버지 시절 중추절 태양 아래
대지는 벌건 농부의 등처럼 짙어가네

등불 색색으로 마중을 나온
고려인 묘지에 노을 향 지피고
구멍 난 철모 사이 고향이 멀어
연해주가 향리라는 조부님의 눈물길

떠나온 고향은

말씨 바뀐지 오래되었는데
함경도 거친 억양 그대로 간직해
달리는 기차에 잠든 기억 깨어나고
노을 뒤로 연기 달고
초원이 달리네

남으로 피난 온 자손은 서울말로 말하나
중앙 아시아 사촌은 세기 전에 정지되어
실종된 백 년 공백 채우는 눈물 길이네

서녘 무지개 좇아 떠났어도
그리움 동으로 지는 고려인
밤마다 태양길 반대로 돌아
안개 짙은 투만나야* 강 건너는 망향 혼

---

* 어린 시절 아버지 말씀에 너희 백부님 두 분이 독립운동을 하셨는데, 그중 한 분이
  연해주로 가셨다고 하셨습니다. 사촌이 아마도 중앙아시아에 있을지 모른단 아버
  지 말씀을 저는 잊은 적 없습니다. 1960년대였으니 당시 약 20여 년 전 헤어진 당
  신 형님을 추억하셨을 것입니다. 연해주나 중앙아시아에 대한 다큐멘터리를 유심히
  보는 것은 제가 혹시 생면부지의 백부님 자손이 있을까 하여서입니다.

* 투만나야는 러시아 말로 '안개 긴'이라는 의미입니다. 두만강은 1970년 전까지는 튜
  멘울라라는 만주어로 불리다가 1970년 이후 다시 투만나야 레까라는 러시아 말로
  명기되었습니다. 김정구 선생의 노래로 남은 두만강은 더 이상 푸른 물이 아니라 세
  계에서 오염도가 가장 높은 독극물 수준의 오염수로 흐릅니다. 국경의 강 너머에 조
  선말 쓰던 동포들 삶터가 있습니다.

기차

유목민 인생
태양과 바람은 길 떠나라 하네

광야는 우물 품고
목마른 자 물 토하라 고함치네
세상에 살과 뼈섞어 소진한 그는
매일 가슴앓이 세 시를 맞이하네

말 잃은 순례자의 깃발은 찢어져
비록 고독한 땀 비웃음이 되어도
하늘은 더 이상 울지를 않는다네
그 석양 속으로 사라진 기차에는
다시는 유목민도 우물도 없어라!

물 한 모금 간절한 갈증 잊힌 세월
울어주는 이 없는 땅은 사막이 되었네
각질화된 심장이 피 흘린 후에야 아아
대지는 꽃 피우고 별 쏟아 내릴까 하네

피지 않는 꽃

꽃집 창가에는 아름다운 꽃들이 활짝 피었네
마법사 손은 어린 소녀와 소년 자화상 만들고
자전거에 실린 미소 아파트마다 경적 울리고
바람이 훔쳐 간 향기가 들꽃 사이로 숨어 있네

도시에 남은 미소에는 매미 소리 가득하여서
우아한 손짓 하늘 향한다 해도 진실은 없네
촛불 민심은 각설이 깡통 타령 목소리로 듣고
매국 자본과 검사 마피아 식민통치 조롱으로

언제부터인가 들녘의 꽃 향기는 외로웠다네
연해주 중앙아시아로 흩어진 광복의 얼은
총독부는 두 동강이 난 촛불로 춤추게 하고
삼천리 금수강산 강국의 박수 속에 행렬하네

강남 스타일 꽃은 만발하나 향기가 없고
선구자 말 달리던 산야 들꽃 향기 외로워
흙 다시 만져 보자던

광복은 우리 가슴속에 피지 않는 꽃이 되었네

무너진 총독부 다시 세운 태극기 휘날리고
파월국군 해병전우회 자손들 부동산 정책 비판으로
꽃집 창가 속에는 향기 없는 꽃 만발할 뿐이네

잃어버린 문법책

육십여 년 동안 수감된 독방에
다만 번호로 불리는 외계인들이
이름 잃은 이역만리는 참 고되네

아무리 해도 거울 없는 방이
일방경으로만 싸인 벽이어서
나는 없고 강요된 너만 있네

정신 차려 문을 여니
거울 속에 선 아버지
아, 당신의 삶도 독방이었군요

육십여 년 전 문법으로 말하는 사람들
귀에 익은 함경도 사투리로 술 담구는
연해주가 고혜*라는
김치와 된장에 젖은 손 수줍은 사람들

참회록

함경도 시인은 창씨개명과 현해탄 사이에서
더 큰 조선을 기약하며 혈서 심장에 새겼네
식민지 겨울은 길고 통곡은 정답이 아니라네

멀리 통인시장에 젊은 웃음소리 어깨동무하고
서촌의 청년 발걸음 겹쳐가는 동주의 독백
선진국 일군 땅 인왕산 자락은 고적한데
총독부는 조국을 떠난 적이 없고
식민 자본은 대로를 활보하네

한국말 되찾은 땅이라서 잊어야 하는가 묻네
압록강과 두만강은 국경이 아니었네
남북 가른 이들 앞에 선 눈먼 사람들
조국 광복은 끝나지 않은 염원이어서
사막에 머리 묻은 타조의 조롱소리 들어야 하네

이민 땅에 일제 차를 타는 교포 사람들
그 작두로 목 베어지던 치욕을 잊어서

나라 훔친 도적의 핸들 잡고 웃어야 하는가 묻네
후쿠시마 형무소에 조선 청년 비명 잠들지 않는다네

두만강 건넌 그 백부님의 언 손은 녹지 않고
압록강 건넌 정웅 삼촌 전등 빛 꺼지지 않네
휘이휘이 태극기 휘날리고 촛불 밝혀도
보이지 않는 총독부에 속은 애국 시민들

서로를 향해 겨눈 손가락 부끄러운 사람
태평양 건넌 세월이 길어 갈수록 커지는 음성
강 건너편 땅에 인척 살았던 고구려가 고하네
동서로 흐르는 물결은 국경이 아닌 고향이라네

2월을 여는 하루

눈 태풍 속에 매번 달력을 넘기네
성당 주차장으로 배달된 하늘 선물
제설차가 훔쳐가는 소리 듣는 아침

어느 화가의 민첩한 붓은 아스라이
연한색 명암 분주한 파스텔 화폭에
백설기 숨긴 겨울 안개 시를 그리네

눈 오는 백무선 끝나는 고향을
언 잉크병에서 퍼올리던 겨울밤
차마 그리운 곳을 품은 사람들이
시 속 겨울 고향길로 걸어온다네

눈 이불 덮고 누운 옛 마을 하얀 글
추억 속 사람들 안부하는 길을 내고
바닷가 마을 아궁이마다 밤 톡톡 터지네

제설차가 지운 그림 고집스러이 덧칠하는 하루가 저무네

하얀 백설기 찌는 시루에 모락모락 김 나는 따뜻한 저녁

맑은 하늘 가신 분들 전갈 수북한 밤은 잠들지 않는다네

부끄러움

눈 덮인 벌판 틈 사이로
샘 많은 여인이 내미는 봄 마중에
겨울 아재 등짐 주섬주섬 지고 떠날 차비하네

작년 삼월에 찾아온 바이러스로 하여
얼굴 마스크로 숨기는 습성이 편리해지더니
얼굴 열고 살아온 밤 태풍이 창으로 찾아왔네

부끄러움 모르던 철부지 뒤로 하고
질곡의 모욕 견디며 어른 세상 배운 버거움을
잊힌 사람으로 사는 것에
어떻게 감사할지 나는 모르네

눈을 보고 마음 헤아리던 인류의 감각 짙어
의심 가득하여 거리두기 아무리 호소하여도
바이러스보다 잔인한 사람을 확인할 뿐이네

사납게 짖어대는 짐승들 속에 함께 무리지어

할퀸 발톱에 아픈 사람들이 주변을 서성이네
때로 가해자는 웃고 피해자는 뒤로 숨었다네

잔인함을 가리는 가면에 익숙해져 산다지만
참과 거짓을 가늠하기 어려운 뒤의 참 표정
깊고 깊은 동굴로 숨어 버려 찾을 수 없다네

마스크 뒤에서 수없이 연습한 편안해진 표정
카인의 후예인 인간은 착한 양고기를 뜯고서
뚝뚝 떨어지는 피로 대지는 황갈색이 되었네

눈 태풍이 하얀 이불로 아벨 묻은 땅 덮는 동안
나로 하여 깊게 상채기난 얼굴들 문득 스쳐가고
그들이 아프게 하여 가린 가여운 미소 안아보네

얼굴 가려야 하는 너와 나의 겨울을 마감하고
여린 속살 장독대 열어 햇살 가득 담아내네
인간 품성이 바이러스에 질 수 없지 않을테지

그림자

나무 아래는 나만 아는 이야기가 쉬러 온다네!
햇빛 가리는 사람들 땅이 숨 고르는 곳에 서면

경계 희미하여 한 발 건너면 망각의 나루터라네
먹물 풀어 만든 그늘 징검다리 삼아 되돌아오네
기도해야 할 이야기 신음하는 성체 등 아래에서
긴 통곡의 벽보다 더 높은 파도 소리 듣는다네!

세상과 지성소 사이는 푸른색 펼친 먼 거리라서
발자국 지우며 가는 산같은 무게 숨길 수 없네
신부님, 하느님 집 찾아오는데 한 90년 걸리네요

걸음걸음에 따라 다니다 검어진 작은 자서전에는
이 큰 세상과 고백소 무게는 항상 반비례한다네

찻잔

이천오백 년 동안
부끄럽게 한 질문 앞에 다시 묻는다네
자신을 안다는 사람들 하늘 아래 존재인 것을
미명의 허물 벗고 깨어난다는 것이 무슨 의미 있을까?

제단에 올린 그를
맑은 정신의 종착지는 병동인데
취한 세상에 정신줄 붙들다 놓아 버린 팔뚝에 난 자국
오늘도 내려야 한다네

철새 떠난 빈 하늘
잔인한 바람이어서
진실은 무성 영화의 코미디언처럼 슬픈 눈을 가졌네

진실과 사실을 강요할 자격증은 아무도 줄 수 없는데
연기 속으로 숨어 버린 자서전 다시 찾아 줄 수 없네
균형 잃은 눈이 왜곡하여 버린 커다란 동그라미 하나
가을 한가운데서 그만 오늘 하루 일기장의 불을 끄네

옛 유행가 부르는 채널은 순수 시절 재생하네
정한수 떠 놓고
기도한 소망은 무심한 손가락 끝에서 베어졌네
찻잔에 담은 자장가는 LP판의 파장으로 찾아오네
차가운 가슴 적시는 따뜻한 송편에 찻잔을 얹어놓네

그대가 잠든 동안 나는 시를 쓸 것이네

마음의 경로를 풀어내기까지
형체도 없고 색깔도 없고 맛도 없는 너
소리가 말이 되고 말이 마음을 열어내기까지
서로는 자신의 얼굴 모른 채 기다리네

거짓말 탐지기를 무력화시키는
흔들림 없는 원심력과 구심력이 만나는 중심
강의 시원에 솟아오르는 순결한 자리에서
아, 사람을 먹이고 꽃을 피우며 과실을 익히네

마음의 본성은 말을 만나서 모습을 드러내니
당신이 없이 벙어리요, 귀머거리일 뿐이라네
그 원천에는 순결한 소망이 기다리며
잠든 너를 깨워 두 손에 옷을 입힌다네

시인 잃은 세대

버려진 글들 표류하는 무표정한 바다에
편집하던 밤이 집요하게 늘어
수평선에 시선을 멈추어 잠시 쉬어가네
식도 타고 역류하는
외로움 되삼키는 운명이 홀로 앉아있네

천둥번개 쏟아지는 광야에
고개 돌려 앉은 그들
기름진 땅에 풀 뜯는 동안 무인도는 잊히네
하늘 푸르고
나뭇잎이 고와서 앉았노라는 느림의 찬미여!
들꽃들은 강요된 눈물 말리는 미풍에도 앓네

아침이 오면 눈뜬 장님 호롱불 끄고
밤마다 비단옷 소매자락 얕은 미소 감추는데
낙뢰 부딪치는 소리에
놀랄 줄 알아도
별자리 잊은 시인은
밤새워 누룩 익던 원고지 표정을 잃고 찢었네

범인

익숙한 외국어
Pandemic, Covid−19
얼마나 익숙해져야
기억 먼 쪽에 남겨진 이름이 될까?

외로움 버거워
자존심 지키지 못한 사람들이 사는 복도
조용하다고 할 말 없는 것 아니네
숨어 있다고 보지 않는 것 아니네
분노는 긴 기억 먹이며 연명하네

마을 소각장에 불 지펴지고
재가 된 존재의 집
한 평이 되지 않은 공간에 전시되네

후회라는 편리한 변명, 이해받는 공간에
얼굴 반 잃은 정신분석가
시간이 되었군요
다음 세션에 만날까요?

인생 숨긴 거라 믿는 군중 속
마스크들 각자 비밀 쌓으러 가네
홀로 있을 능력 있으니
외로움 모를 거네

숨 쉬기가 어려워요
마음의 한 언저리려니 하였네
고독사하지 않으려는 몸부림에
아파트 문 강제로 열리고
병원 복도에 줄지어 눕혀졌네

질식할 거 같아요
후회와 기억이라는 새 동의어
예쁜 시어들 비웃는 듯
무질서하게 나열된 방

망각의 분무기로
하얗게 소독하였지만
백신 비웃는 변종들
다시 사람 사는 마을로 스며드네

범인은 다만 인간이었네

한 해가 저무는데

논두렁처럼 긴 줄이 비틀비틀 서 있네
모자 아래 기침 소리 충혈된 눈이 숨고
사교 집단 집회 기다리는 광신도들처럼
이름 불리워지는 대로 문 뒤로 사라지네

체온 잴께요
호흡은 어떤가요?
가래는 색이 어떤가요?
머리 뒤로 젖히세요

처음 검사하면
봉이 들어갈 때 아플 수 있어요
삼십 분 후쯤에 전화로
결과가 통지될 것입니다

느린 황소 등처럼 굴곡진 한 해
급한 환자 돌봄처럼 앞줄처럼 사라지네
새해 드리워진 듯 뒷줄 길어지는데

몸 속으로 숨은 감시자는
인민을 통제한지 오래이네

안다는 것은 무지한 인간에게
작은 선물인가 보네
세균에 굴욕당한 영장은 그들을 헤아리지 못하네
과학은 낯선 땅에 깃발 꽂아 주는 탐험가이지만
영토가 얼마나 넓은지 모르는 원시적인 GPS일 뿐

새해 기다리는 시간의 수는
365일 다 찾아 줄 것이고
영원의 지평에서는
설령 백 년이라도 초라할 뿐이라네

6

위령의 달

위령의 날

주차장 둔탁한 소리에 창문을 여네
가을 태풍이 오는 날이어서 텅 빈 고백소
소리와 눈이 서로 숨바꼭질하네

시야 속으로 들어오는 정체
늙은 보행 보조기 쇠력한 기력 다해
아스팔트 긁고 있네
바퀴와 그 느린 발이 엇갈려 행진하네

일정한 소리에
눈가 주름으로 찾아온 Sandman*
귀는 단조로운 리듬 뇌에 전송하고
뉴런들은 느리게 배열하길 거듭하네

수동 엔진 멈추고 먹구름 마주하네
노인 양팔에는 작은 관이 들렸었지
딸의 뱃속에 멈춘 사 개월 생명이
기대어 오열하는 젊은 부부의 걸음

파도 소리 요란한 몇 일 전
비통한 행렬 떠난 성당 문에 누웠네
남편과 아내는 여느 때처럼 대화 나누네
한 시간이 갈라놓은 이승과 저승

작은 관과 큰 관이 교차하던
비스듬한 성당 문이
눈물과 한숨 가득한 곳에 오 분 간격으로
조문객들 무거운 구두 소리 다시 돌아왔네

보조기에 의지한 손은 묵주와 핸들 붙잡고
핧퀸 가슴 바닥에 긁으며 걷고 있네
그대의 장례 동안 위로의 말들을 감사하네
올 위령의 날에는 더 많은 이름이 읽히겠네

* Sandman 졸음을 몰고 오는 상상의 인물.

천개의 갈래로 부는 바람

제 무덤가에 서서 울지 마십시오.
저는 거기 있지 않습니다.
저는 잠들은 것이 아니니까요.

저는 천 개의 갈래로 부는 바람입니다.
저는 흰눈 위에 반짝이는 다이아몬드입니다.
저는 여무는 곡식 위에 비치는 햇살입니다.

저는 은근히 내리는 가을비입니다.
그대가 아침의 적막함 가운데 깨어날 때
저는 하늘을 고요히 선회하다가
갑작스러운 비상을 감행하는 새입니다.

저는 밤하늘에 부드럽게 어루만지는 별빛입니다.
제 무덤가에 서서 울지 마십시오.
저는 거기 없습니다. 저는 죽은 것이 아니니까요.

이승을 작별한 이가 남아 있는 사람들에게 남긴 시네

이 시는 마릴린 먼로의 25 주기 때에도 낭독되었고
911 테러의 1주기에서 아버지를 잃은 한 소녀가 암송하여
많은 사람을 눈물짓게 한 시이기도 하네

작자 미상의 이 시는
죽은 자가 산 자에게 보내온 따뜻한 위로로
장례 미사에 읽어 드리려고 번역을 해 보았네
가깝게 지내던 지인이 죽어 만날 수 없으면
손에 잡을 수 없다고 하여
우리는 그가 이제는 우리 곁을 떠났다고 생각하지만

실은 천 갈래의 바람이 되어 우리 곁에 머물기도 하고
어깨를 촉촉이 적시는 봄비로, 밤하늘의 별빛으로,
따사로운 햇살로 우리 곁에 머무는지도 모르네
봄비가 내리는 이 시간 저는 어머니가 봄비로 오심을 느끼네

아름다운 작별

마지막 기도문 듣는 장례식장 적막
눈물은 망자의 길을 내며 애처롭네

입 벌린 관 속 마지막 인사를 하고
어제는 종부성사로 다시 작별하더니
오늘 다행히 익숙한 얼굴로 누웠네

낯설음이 주인이 된 땅
비로소 각자의 모습 마주하네
슬픔 과하지 않고 미소 가볍지 않도록
조신해야 하는 사람들 속에 몸 숨기고 묻네

저 넘어 보이지 않는 세상
나를 기다리는 것인가?
얼굴과 가슴 사이 거리 멀어
타인이 강요한 많은 이름 뒤에 숨어 산 삶

저승의 사이 얼굴 넘어

신기루같은 시간 멈추고
이승에는 잊히는 명단에 그 이름 올린다네

하느님 영토에서 원래 얼굴 되찾아서
웃어주는 사람들 속에 편안하기를
잠시 후면 관 속에 아쉬움을 닫고
교신 끊긴 재 너머로 각자 길 나설 것이네

그대와 나의 간절한 기원을
미지의 구름 속에 남긴 채

위령 성월을 보내며

위령 성월을 보내며
여러 가지 사념들이 오가네
삶과 죽음에 대해 묵상하고
미리 죽음에 대한 준비를 하는 시기

장자의 아내가 세상을 뜨자 친구
혜자가 조문을 갔다네
죽은 아내 옆에 앉아 장구를 두드리며
노래를 부르고 있었네

혜자가 놀라며 말했네
"여보게, 친구. 그대의 아내는 평생 같이 살았고
그대를 사랑하지 않았는가!
부인이 세상을 떠났는데 곡을 하지 않고
장구까지 치며 노래를 부르다니 그럴 수 있는가?"

장자가 말했다네
"그것은 그대가 잘 몰라서 하는 말이네

아내가 죽었는데 어찌 슬프지 않겠는가?
이제 내 아내는 천지라는 거대한 방 안에서
편안히 영원히 잠자려는 것이니
내가 시끄럽게 곡을 하는 것보다
즐겁게 축원해 주는 것이 좋지 않겠는가?"

장자에 의하면 죽음과 삶이
마치 밤과 낮이 계속 순환하면서 바뀌는 것처럼
자연스러운 것이네
우리 인간 생명이 원래 무에서 시작해서
다시 무로 돌아가는 것이니
오히려 즐겁게 축원해 주어야 한다는 것이네

우리 인간의 삶이 마냥 허이고 무일 수밖에 없다면
내일에 대한 아무런 희망이 없다면
오히려 그야말로 죽음은 끝장이고 참으로 무서운 일
두렵고 슬픈 일이 아닐 수 없을 것이네

삶이 마냥 허이고 무일 수밖에 없다고 하더라도
죽음 앞에 축원할 수 있는 여유는
도인이나 가능한 일이리라 생각하네

춘원 이광수가 한 말이 있다네

자기 아들이 8살에 패혈증으로 죽었을 때
삶과 죽음이 모두 불교에서 허무라고 하더라도
슬프기는 마찬가지이라고 하였네
우리에게 분명 가까운 사람의 죽음은 슬픔이네

우리 그리스도인들에게 죽음이 슬픈 일이지만
그 슬픔에만 머무르지 않고 위로를 느낄 수 있는 것은
죽음으로 우리의 삶이 끝나는 것이 아니라
오히려 영원한 삶으로 넘어가는 것이라는 믿음을 지니네

우리는 무에서 온 것이 아니라
사랑이신 하느님에게서 왔다네
우리는 이 세상을 사는 동안
서로 사랑을 하다 생이 다하면
그분 하느님께로 돌아가는 것이라네
삶과 죽음, 그것은 온전히 하느님의 몫이네

그 죽음 앞에서
우리가 할 수 있는 것은 거의 아무것도 없네

다만 우리가 사랑한 사람이지만
이제 그분 하느님과 함께 있는 것이
더 낫다는 것을 인정하고
그분께 맡겨드려야 하는 것이라네

허이고 무인 우주 공간에서가 아니라
구체적인 사랑이신 하느님 안에서
기쁨을 누리고 있으리라는
믿음과 희망을 지니며
조용히 슬픔을 이겨내야 할 것이네

그림자

차고 앞 태고의 혼란 다스려
"빛이 있으라"라고 외쳤다네
검은 머리 풀어 땅에 찾아 왔네

바퀴가 무심히 밟아도
꿈틀거리지 않는 삶
무엇이었기에
장의사에 누운 동갑내기 초면 인사

죽음과 삶 사이 어둠과 빛 반대편에 서면
빛으로 하여 그림자 지어졌음이네
연도 마치고 돌아오니 더 길어진 머리카락

목 밟고 차고 여는 동안
송장처럼 반응 없는 그대의 생명력
밤은 그대 삼키고
아침이면 다시 죽어야 하네

태어나고 싶지 않아도
송장처럼 순종하는 숙명
빛 투과하지 않는 뒤로 존재를
양도받고 이내 빼앗기네

나무의 삶

헨리 쏘로우의
'월든'을 읽은 적이 있으리라고 생각하네
히코리나무와 상수리나무들이 둘러있는 집의
창문을 열면
새소리가 들려오고
거기 귀를 기울이며 자연에 몰입되어

시간 가는 줄을 모르다가
멀리 여행자들이 길을 떠나는 소리를 듣거나
오후의 햇살이 비껴드는 것을 보고
몇 시간이 흘렀다는 것을 알게 된다고 썼다네

쏘로우는 그렇게 한가하게 보낸 그 시간들이
실은 바쁘게 많은 일을 한 시간보다
더 소중한 시간이었음을 우리에게 일러주네

바쁘게 나날을 살아가는 우리에게
자연의 소리에 우리 자신을 맡겨보는 시간이

너무나 절실하다는 생각을 하네
쏘로우의 작품의 배경이 되었던
월든 호수를 거닐며 사색에 잠기곤 했네

어제는 머무는 집에서 멀리 떨어진 곳에 있는
저수지까지 산책을 했네
문득 월든 호수가 떠오르고 그리움이 밀려 왔네

월든 호수처럼 아름답지 않지만
주변은 떨어진 낙엽으로 덮여 있어
어느 유행가 가사처럼 낙엽을 밟으며
나무가 옷을 벗는 계절인 가을이 좋다고 생각했네

바람에 떨어지는 낙엽을 보며
나무의 삶도 인생과 그리 다르지 않네
푸르던 잎이 가을을 맞으며
그리도 고운 색을 띄우더니
어느덧 사람들 발에 밝히는 낙엽이 되었네

뒹구는 낙엽을 보면
누군가가 그리워지고
삶과 죽음의 의미를 생각하네

우리는 역설적으로 죽음을 생각할 때
삶의 의미를 더 깊이 깨닫게 되네

잎이
나무에서 떨어져 흙에 묻혀 거름이 되고
다시 새 봄에 새순으로 돋듯
죽은 영혼도 땅에 묻히지만
하느님 안에서 새로운 생명으로
영원한 삶을 누리게 될 것을 암시하여 주네

우리 그리스도인들에게 죽음은 끝장이 아니라
영원한 삶으로의 넘어감이네
우리 인간 생명을 나무의 잎에 비유할 수 있네
한 나무의 잎새 하나하나가 조그만 기적들이네

잎새 하나에서도 공기와 물과 햇빛으로
모든 생명체의 에너지원을 이루는
수많은 분자들이 형성된다고 하네
학창 시절에 배웠던 광합성의 원리이네

프랑스 작가, 자끄 뢰브는
"결국 모든 생명이 – 아무리 고상한 사상이라도

아무리 위대한 성덕이라도 –
푸른 잎 속의 광합성 기적을 먹고 산다"고 말했네

우리는 모두
사람도 나뭇잎도 하느님의 경탄할 손길인
광합성의 기적을 통해 생명체로 살아 숨쉬는 것이네

어머니가 그분께로 가신 11월이 되면
더욱 그리움이 깊어지고
다시 만남을 생각하게 되네

하느님 안에서 영원이라는 시간에 비하면
이승의 삶은 참으로 짧다네
잠시의 이별인 죽음에 대한 생각은
만남의 소중함을 더 깊여 주네

우물

나무 덮개 스르르 밀어내고
숨은 눈 더듬어 찾는다네
무표정한 얼굴
어둠에 친밀해진 후에
하얗게 건너오네

순박한 표정 속에 사람 냄새
뚝뚝 떨어지는 정 목말라서
굳게 닫은 침묵 찬 공기
도르래 신음하는 밤
아무도 모르게
자화상 지우네

웃기지 않는 농담처럼
친절한 미소로 답하는 자판기
따뜻한 커피 향 가득 채워진 쓴맛
탐닉하는 이유 애써 묻고
둥근달 아래 컹컹

들개의 독백

슬픈 소리 되어
바닥 알 수 없는 깊은 곳에
숨긴 참회록 떠오를까 싶어
이방인에게 말 걸기 중단해 버린
아득한 기억 다시 지우네

경당

작은 공간
큰 침묵

작은 기도
큰 응답

작아진 소망
커진 평화

여풍

사십구재 고개 넘고 너울 넘어
바람에 비에 실어 보내 드렸건만

무겁게 가라앉은 바윗돌처럼
남겨진 그리움 거둬가지 않네
함께 했던 흔적들
시선 닿는 곳마다 살아 돌아오네

옛 영화관 빛바랜 활동사진 속에
느리게 가는 눈동자와 익숙한 체취
당신 속의 나 넘치게 남기고 가셨는데
내 속의 당신도 소중히 담아 가셨는지

그대 보내드리고 이틀 지난날인데
바람몰이 남겨진 여풍 창문 흔드네
하나뿐인 소중한 님 가셨는데
남겨진 그리움 거두어 가지 마시길!

시작하는 마침표

평생 닿을 수 없는 속과 사는 마침표
그녀의 얼굴에 가시지 않은 질문들이
그를 흔히 사랑하지 않아서였을까?
혹은 너무나 매력이 없어서였을까?

답이 없는 확신, 수없이 열고 닫았네
그는 춤추는 자였고 또 사진작가였네
그는 얼음으로 조각한 얼굴로 살았네

먼 하늘 응시하는 뒤안 그 모습에는
뚝뚝 떨어지는 거절의 싸한 정체를
서 있는 저보다 훨씬 더 먼 거리를
찬 바람 안과 밖을 모두 채웠다네

그는 더 이상 등을 보이지 않고서
무거운 표정 쓰고 다만 누워있다네
조문객들 얼어 앉은 앞줄에서
그 아내는 시선 뗄 줄 모르네

마음

추수감사절 지펴보려던 안간힘
당신은 마라톤 잘 마쳤습니다!
편히 가십시오

저 세상에서 자손들 기억해 주십시오
막 테이프 끊은 선수는
쓰러져 거친 숨 쉰다네

종부성사로
긴 경로 마무리되고
커튼 뒤로 사라질 시간

어서 가라는 사제의 권고
고마워할 정직한 속 마음들
모으며 함께 주의 기도 바치네

죽음이 수월하지 않은 것은
코로나 시절을 살아서일까?

사제관 문을 닫고 들어오니
마른잎 한 장 나를 따라오네

집요한 바람이 제법 차거웠네

추수감사절

이곳의 가을은 어떨까?
매년 예쁠 수는 없겠지
사람도 그렇지 않은가?

올해는 긴 섬 어디든
미끄러지듯 안겨 서서
발길 멈춘 시간 많았네

단아한 도자기에 담긴
참기름 향 가득한 오후
부채춤 사위 너풀거리네

밝은 하늘 아래 찾아온 선물
고마움 남겨준 추수감사절이
눈물 한 방울에 담기운 정경

성묘

숲길에 나뭇잎 빛나서 발길 멈춘 시간 많았네

길 떠난 사람들의 숨 가쁜 릴레이로 아스라이
죽음과 삶으로 갈린 상실감 어루만져 준 가을
나뭇잎이 익어가는 사이 하늘 멍들어 있었다네

밝은 햇빛 아래 가득 담아 보따리 펼치네
추수감사절 고마움 남긴 분들과 나누고자
오색 나물 찬합에 젓가락 살짝 놓아드리네

성 챨스 공동 묘지의 소중해진 사람들이서
살아있는 자는 늘 예쁘지만 않은 이치여서
미움 고개 넘긴 그리움 맛 둥그러이 괜찮네

묘비 어루만지는 성묘객들 속에 얽힌 거미줄
세상 떠날 길목에 서니 밝히 보여 거두어지네
한 방울 눈물에 담긴 묘비마다 고운 이름이네

어미새의 노래

위령의 달이면 낱낱이 불리워진 이름
소중한 인연이면 가슴에 둥지를 짓는
어미새 같은 심장 가진 사람들이여!

숲속에서 꿈틀거리는 생물로 살아서
푸르른 생명들을 키워내는 본능을
산 것만 먹이는 습성 어디서 배웠을까?

망자의 이름이 불리는 제단 위에는
빵을 살로 만드는 이해할 수 없는 일이
어미새 이치를 헤아리면 수월한 답인데

태초부터 저장되는 생명 원리를 하느님이
생태계를 그렇게 지었다고 고백하는 자는
앎의 한계와 모름의 무한대를 받아들이는
겸손한 고백록 아네

그 빵은 과대망상증이 만든 괴변이 아니라 문득

산 것을 먹여 살리는 자연섭생에 기인한 것이니
어느 어미가 죽은 것을 자식에게 먹이고 싶을까?

제대 위에는 아기새 모으는 새집이 있네
빵과 포도주 덥혀 먹이는 어미새의 노래
매일 마지막 만찬인 게 죽음으로 살리는
본성이어서

죽은 음식 죽은 생각 함께 묘지로 행렬하는 사람들
하느님을 잃어버린 그들 향해 나는 어미새의 본능
세상이 있는 한 위령 성월 모두 반복해야 하는 거지

자상하신 하느님

도란 도란 이야기 나누는 소리
창호지 건너 곤히 잠자는 아이
여보 자기라고 호칭하는 사람들
같은 이야기 어제도 오늘도 하네

내일도 그럴 것이네
건망증 없이 어떤 인연 이어질까?
사랑은 뜨거운 것이 아니라
감퇴하는 기억력 함께 나누는 것이지

어려서는
창호지 너머 이야기 몰랐을 뿐이네
잊어주는 것이 더 고마운
하느님 닮아가는 인연들

감

수줍은 겨울
붉은 자태 숨겨둔 체온
부끄러워 두터운 옷 입었네
창호지 결 한두 달 족히 걸릴 테지

아직 먹지 말라고 떫은 맛 감춘
연한 살 되도록 기다리라고
서늘한 그늘에서 숨어
찬 공기 마셔

숨 쉬는 탑이 되었네
돌에 꽃 피는 시간 꿀맛 들도록
남몰래 삭힌 수줍은 꽃 한 송이 피네

그대 떠난 뒤에 (49재 마치고)

그대 내 야윈 모습 보았는가?
익숙해져 가는 그리움 보았는가?
이승에 남긴 흔적 지우는 밤 그림자

노을 드리운 바닷가 발자국 함께 남기며
파도 쉬러 오면 등 빌려주러 갔을 텐데
여기서 작별하게 된 인연 아쉽고 아쉽네

뒤집어지지 않는 시간 헤아려보다
야윈 내 모습 보았는가?
익숙해져 가는 그리움을 보았는가?

고운 노을 드리운 땅끝에 남겨진
외 발자국 보았는가? 그대여!

어느 장례식

말 이어가기 힘드네요
자꾸 깜빡깜빡 잊어버려요

무거운 걸음처럼 느린 말
굽어진 허리 펴며 걷는 복도는 기네
생일 챙기지 않는 사람인데요
이번엔 할려고 해요

기억하고 싶은 사람들이 있네요
떠날 채비는 버리고 베풀고 감사하는 것
마지막 멋진 일은
미리 사라져 주는 조용한 인사

그의 팔순은 고마운 사람들에게
작별하는 산 장례식이었네

하얀 구름

올라야 할 산이 많던 시절
그대 있어 정복해야 했던 봄이어서
험한 길 마다하지 않았네

정상에 기다리던 빛나는 왕좌
양팔 허리에 걸치고
사방을 호령하던 짙어가던 녹음

오름의 길 소중하여서
어둔 밤 태풍 한 가운데 오르네
넘어져도 다시 일어섰던 다리들
모든 염원과 상반하는 현실 장소

그 자리는 큰 세상 품는 곳이라서
영광 반 치욕 반씩 섞어 살아야 했네
사라져가는 이치 배워가는 길에 단풍이 지네
수북한 낙엽 낸 길 위험하여 마음 소중히 모으네

내려가는 구비구비마다 후회 반복할 수 없네
어느덧 흰 눈 깊어가는 길목에 다소곳이 섰네
시는 가슴에 있어 구름 위로 쌓이는 겨울 안부
그렇지, 하산은 하얀 구름 밟고 올라가는 것이지

갈증

부러운 것이 있네
마음과 피부가 숨김없이 소통하는
웃음 꾸미지 않아 아주 좋은
깊은 감성 강요하지 않고
슬픔 과하지 않은
영혼 담은 소리

그만큼 믿음에 주렸던 것이네

크지 않아도 좋은 편안한 생각
넘치지 않는 여러 빛깔의 정서
주장하지 않아도 설득되어
떠다니는 무엇인가 쉬러 오는
투명하여도 야무진 그대가 부럽네

그만큼 믿음에 주렸던 것이네

조명 아래

미소 어색하고 눈물 복잡하네
노래 진부하여 타협해야 하는 감동
생각 고집스럽고 감정 굴곡진 채
그들 떠난 자리 다시 비워지네

다 내려놓고 싶어
두리번거리니
주변에 아무도 없네

그들도 믿음에 주렸던 것이네

겨울 안부

골목 끝 대문 두드리는 겨울 바람
기웃거리다 되돌아 나오는 곳에는
생각 모자라던 철부지 고집스럽게
거부한 성장통을 아직도 앓는다네

어리석은 자존심 시키는 대로 살면
근거 없는 우월감과 불편한 미소
웃음에 주름 들고 냄새 찌들었네

소주잔 한 번씩 일상에서 이탈해
살아오는데, 다소 더 익숙해지고
미움도 웃음으로 호감도 무표정으로
눈길 주는 세상 웃어른이라 하였다네

아무도 믿지 말라고 외치던 골목길
주정뱅이가 바로 그 우상이었다네
거인같은 인생에 실망 함께 추스르며
우정이라는 서로에 대한 소유권을 확보했지만

굴다리 밖 그들의 계약 잔인한 것을 더디 배웠네

육십여 년 시간 지나 철부지들
권리장전 다시 한 번 낭독하네
굴다리 아래 지나오는 밤길
고단한 것은 어디나 마찬가지이네

마음 관통하는 겨울 바람
그리운 시간 더듬게 하고
성탄 캐롤로 전농동 골목
수줍던 얼굴들을 헤아리네

따뜻한 정 엮어 살던 아이들은
멋쩍은 웃음에 익숙해졌을 텐데
굴다리 밖 세상 생각보다 커서
이제는 아주 익숙해져 있겠지요

골목길 작아지고 키 줄었지만
그리움은 매일매일 커진다네

설레임

산타를 잃었다네
심장은 과로하여 순박한 리듬 없고
강요된 믿음에 식상하여 바래진 붉은 옷

세련된 얼굴과 정돈된 목소리
우아한 걸음과 매력 요구하는 제스처
감동 구걸하는 설교대는 어둡잖은 수줍음 없네

그 신부님같은 얼굴 목소리 그립네
나이 70세이거늘 자연 성품에 어눌함까지
말주변 없어 도망다니는 단어 찾아주고 싶은 사람
유창한 웅변가보다
더 몰입하게 하는 신부님은 늘 멋쩍네

세상살이 다칠까 염려하다
해병대원으로 월남전 총알들이 이분을 찾지 못했어라
탈북민 돕느라 중국국경 산야 제집 드나들 듯 했었네
지금은 포코노에서 농사짓는 이웃 아저씨이네

예수님은 실감이 안 나는데
이분 생각하면 하느님이 편해져
아기 바라보듯 마음이 저절로 웃어

산타가 남긴 전화 메시지에
김 신부님 저 김 신부인데요
시간 나시면 전화 한 번 주셔요

누구나 하는 인사말인데
왜 눈물이 핑 돌았을까?
세상 교육학은 설레임 없고
당신 빚으신 성품은
어눌한 미완인데도 불구하고

하느님 성탄절 선물로
그런 심장 다시 주실래요?

새집 단상

이른 새벽 제의방 가는 길
한 번도 눈에 띄지 않았던 가시관 같은 형체
숨을 수 없어 두고 떠난 그냥 벗은 나무들이

나뭇잎 쉬던 곳에 가지 몸둘 바 모르고 섰네
첫 인류가 시작한 집요한 본능에도 불구하고
벌거벗은지 한 달 충분히 부끄러웠을 것이네

나목으로 서면 숨을 곳 빼앗겨 찬바람 온전히
참고 견뎌야 하네
잎새 틈으로 집 지어 새끼 숨긴 본성
먼 곳에서 물고 온 작은 가지로 만든 보금자리
새로 나는 나무에서는 하나도 훔치지 않았다네

낙원의 주인은 친절하게 사람에게 권고하였다네
한가운데 나무는 훔치지 말고 서로 나눠 먹어라
새집 아래 얼굴 붉어진 카인 몰래 숨어 버렸다네

빈 둥지

온전히 드러난 작은 나무
보금자리 들켰다네

눈에 띄지 않는 나무 속에 숨어
작은 생명 키우고 제 길 떠나갔네
이천 년 전 작은 강보에 뉘여진 아이
촛불 밝힌 창틈으로 흐르는 캐롤 소리

화려한 축제 속에 사라진 의미들
연인들은 뜨겁네
둥지는 가지 위에 앉아 아기 새 추억한다네
종소리 멈춘 곳은 노인들의 이야기 구성지네

빈 둥지
빈 나무
빈 성당
빈 의미

축제는 물건 사는 사람들 웃음으로 타오르고
우리 위해 죽었다는 아기는 어디에도 없다네
하느님은 이천 년 전보다 더 인내롭네
다 놓아도 결코 희망을 잃지 않는다네

또 다른 두 밀레니엄 동안 잊힌다 해도
겨울 나무 위에 숨은 빈 둥지는 고운 알 다시 품을 것이네
함께 부르다 보면 잠든 아이 돌아 올 것이니
크리스마스 캐롤 기꺼이 그들에게 양보하네

강진영 신부에게

진영아
하늘나라 어떠니?
성질 지랄 같던 네가 부럽다
우아하게 살아 보려 해도 맘대로 안 되는데
어찌 정곡 찌르며 하고 싶은 대로 살았으니

그때는 고정하시지 했는데 우직하도록 정직한
너의 사는 방식도 나쁘지 않아 보여
좋은 것은 좀처럼 좋다고 하지 않고
싫음은 조폭 육두문자 사부님이었지

네가 여기 같이 있으면 아 참 좋겠다 싶어서
성질 더 지랄 같아도 얼마든지 다 받아줄텐데
넌 참 정직하게 이기적이었지만
속 깊고 참을성 많아서
어쩜 저럴 수 있을까?
너 몰래 감탄한 것 나 이제는 알았네

누나가 너 죽는 전날
네 넙적한 얼굴 뺨 후려치며
정신 차려야지 몇 일이라도 더 살지 하며 눈물짓고
매형은 널 싣고 가는 침대를 놓지 못하고 눈물짓고

참 어처구니 없는 것은
그렇게 내 말 안 듣고 대들더니
이제 예수님께 가라고 하니
날숨 총알같이 내쉬고 들숨 없더라

너의 임종 자리 지키게 해줘서 참 고마웠네
그런 인연 만들어 준 하느님께 참 감사하네
참, 그런데 너 마지막 정신 들 때
용서를 못한 사람들 다 용서하고 가라고
하지 않은 거 나 잘했지?

마지막으로 함께 그놈들 욕 실컷 해 준 것은
너에게 가장 필요한 고백성사나 매한가지야
하느님이 허락한 마지막으로 주신 선물이었어
그렇지 미움은 이 세상에 그렇게 놓고 가야지
그러니 너야말로 얼마나 복 많이 받은 자이니

이제 좋은 곳에서 아프지 말고 잘 쉬어라
땅에서 널 아끼던 사람들 지켜주고
이 세상 잘 마치고 다시 만나자

가자미 식혜

가자미 식혜에 이팝* 두 그릇 비웠던 그분
피란나와 처음 고혜음슥* 잘 먹었소 하더니
눈물 섞어 드신 얼마 후 금세 고인이 되었네

그래 뭘 먹고 싶니 하면
머리에 처음 떠오르는 것은 비린내 삭힌
가자미 식혜 한 접시였네

심하게 삭힌 생선 목구멍 넘지 않았을 터인데
어려 배운 맛에는 얼굴 같이 삭아 무르익었고
영어에도 유전자에 배인 진한 추억 익어있다네

기겁할 냄새 군침과 섞으면 미소 떠오르고
비린내 버무리는 사람 맛을 잘 안다네그려
삭히도록 내어주면 온 세상은 가자미 식혜

고향 물을 필요 없었다네
입에 침 가득하여

그날은
사진 속 엄마 눈 맞추며 김치와 흰쌀 펄펄 끓었네

---

* 이팝: 흰쌀밥 함경도 사투리
* 고혜음슥: 시인 귀에 들리는 고향음식 함경도식 발음

안개

커튼처럼 드리운 어둠 아직 창에 기대어 쉬네
장님처럼 손 더듬으며 살아온 해 등 챙기는데
곧 노래처럼 긴 코트 끌면서 서산 넘어가겠지

수평선 넘어 기지개를 펴는데 게으름 피우도록
식은땀 젖은 이부자리 묻으며 자는 척 하는데
어둠을 쫓아내고 창가 가득히 차지해 버린 그대
아침 해 등 뒤에 이고 바람 속에서 땀 흘리고 있네

아는 것보다 모르는 것이 많은 바다 밑 숨겨진 보물
건져내어 지상에 부린다면, 어둠 거두기 충분할 텐데
어리석은 것은 침묵보다 말에 더 의지했기 때문이네
이른 새벽 창에 찾아온 귀인 들여 태양 마중하러 앉네

당신과
오징어 게임은 흔들리지 않는 마음 모음에
있는 줄 알지만
백 년 되지 않는 시간 동안

이 어두움 얼마나 밀어낼 수 있을까?

새해에는
빛 아래 더 머물기를 합장하지만
한 꺼풀 벗기면 더 짙은 어둠인 것은
당신이 너무 커서이니
어리석음과 어둔 밤은 동의어가 아닌가 하네

호랑이 대면하기

포수는 어둠 속에서 움직이는 그 눈동자를 찾네
그 눈은 먹이가 포착되면
조용히 낮추어 발 옮기다 최대 속도로 달려오네

정면을 피하지 않는 본성
한순간의 싸움 생사 건 그들은 서로를 아네
한발로 실수 없이 그 정수리를 뚫어야 하네

총알이 그의 머리 찾지 못하면
신속히 다시 장전하고 겨누는데
두 번째 실수는 그의 먹이가 되는 것

피할 수 없는 한판의 승부
그대는 높게 그리고 낮게 질풍할 것이네
자, 달려오라
그대를 향해 마주 섰다네
방아쇠에 검지를 조용히 건다네

기다림

설원 위로
지나간 발자국
돌아오지 않았다네

여린 마음이어서
하얀 밭두둑에 새겨진 자욱 선명하였네
겨우내
지워질 줄 알았다네

하얀 기억
발자국 사라진 숲
눈꽃을 이고 선 원형 경기장
미소 조각한 인고와
아름다움은 결코 가볍지 않네

하얀 머리수건 아래 섬세한 주름
아름다움은 결코 가볍지 않네

마음의 지도

숲에서는 길 잃어도 좋았네
생각 잃을 수 없어서 길 잃어야 했었네

직선으로
동그라미로
서성거린 자리는 지워져 사방 분간할 수 없었네

길 잃을 수 없는 지금
신호등 열리는 대로 갈 수 없어
빌딩 사이 어깨를 펴 보지만
때론 초라한 걸음 옮겨야 하네

작은 발자국 숨겨준 숲은 사라지고
눈 덮인 도시는 표정 잃고 제길 갈 뿐
길 잃어도 좋았던 시절 없어
어두침침한 계절 뒤돌아보니
숲속에는 단지 외길뿐이었네

새벽 기도

눈 속에 아직 가을이 남아있네
어느 봄날의 여린 그 기억처럼
눈썹에 이슬 내린 밤이 길어
새벽 찻물 소리 들으며 김 서린 창가에 앉네

어깨 가벼이 되는 것이 복인 줄 몰랐던 옛 시절
찾아온 추억 익다 떨어진 잎 하나 소중할 줄을
수북했던 검은 머리 태풍 흔들려도 당당했던 푸르름
철새 떠난 자리에 길 떠난 사람들 찻잔 가득 채우네

겨울 붙든 계절은 새 숫자 받아 길 재촉하겠지만
눈 속에는 아직 가슴 태우던 애절한 가을이 남네
아픈 폐의 신음 어루만져도 머물게 하는 긴 겨울
지난 계절 작별 오색 편지 전하던 제단 기억하네

마지막 성호경 그으며
이마와 양손에 기름 적시는 종부성사
망자의 방에 흐느낌 느끼고 사랑하는 사람들

미동 없이 섰네

그동안 당신의 삶에 감사하는 자손들이 여기 있습니다
저 세상 가서 편히 쉬시고 남은 이들을 기억해 주세요
눈 속에 아직 가을잎 선명한 것만큼
봄날 같은 그들 잔잔한 찻잔에 가득 담겼네

설경

붓의 마술사
수묵화 그리는 화가
먼 들판에 가득한 빈자리

초가집 호롱불
깜빡깜빡 밤새우네
수묵화는 움직이는 활동사진
밝음에도 차이 있고
흰색마다 마디마디 다르네

마음의 결 얼마나 소중한지
한점 흠으로 잃지 않는
어두움 안을 줄 아는 순백이여!

바오로와 마리아

그는 날 사랑하였고
나는 그를 존경하였습니다

참 사랑은
창밖의 사계절 변하여도
늘 시작한 자리에 있다네

진실한 존경은
새벽 홀로 따뜻한 커피에 시선 잃어도
처음 내린 뿌리 그 자리 그대로 있다네

그의 사랑은
내 신뢰로 거름 주고
나의 존경은
그의 한결같은 사랑 먹고 자란 것

한 번도 생각하지 않았던 그 날
차가워진 몸으로 날 찾아와서
가슴 맺힌 날

온몸 가득한 통증으로 입증되었다네

홀연히 떠나버린 당신 붙잡지 못하고
삼십오 년 처음 홀로 남겨진다는 것은
관속에 누운 그대와 나 사이
낯선 체감 익숙치 않음 배우는 것이네

생의 저편과 이편 고집스럽게 응시하며
침묵 속에 건네는 중심에 소용돌이 하나
바오로는 저를 사랑했고
저는 제 남편을 존경하였습니다

삼우제

언 땅 아래
차가운 몸으로 기다리던
당신 체온과 같은 흙색 옷
모두 돌아갈 것을 생각하여라

키만큼 자존심 커서
옆 어르신과 키재기 수줍은
팔십육 세와 칠십이 세는 함께 누웠네

흙에서 온 존재의 종착지
누운 자리에 말 없는 돌 비석
높고 낮은 자 없는 잔디 지붕
웃음 인색하지 않는 본 모습 좋나요?

양손에 주어진 회개 어색하지요?
표지판 하나
땅 속에 말 없는 사람 하나
꽃 이불 덮은 자리에 찬 바람 한 줄

당신 종이 아직 낯설어 하나이다
축성한 유택 따뜻한지요
영원한 안식 기원하는 예쁜 합장
세상 말 필요 없는 곳 편한가요?

그리움

그가 없는 방, 복도, 응접실
차고에 놓인 주인 잃은 흰차

손때 묻은 파란색 쓰레기통
주인 기다리는 충견처럼 앉아있네
기다림 소중한 줄 몰라서
내 속에 없는 줄 알았었는데

비로소 아파진 가슴
볼 타고 내리는 여름
그 속에
나보다 더 늙은 내가 있네

내 할머니 가슴 속 영감
내 어미 속에 묻은 아버지
나는 늪에 누운 나무 위에
외다리로 홀로 서서 밤을 새우네

내가 열지 않았던 당신이란 책에
가득 찬 나처럼 수줍은 세 글자
새벽이 창문 열고 들어오는데
당신은 살아 돌아올 수 없나요?

시선 먼 산 너머 돌아 오지 않아
늦게 배운 아린 낱말 추가되었네

낙엽을 밟는 계절

이달 11월은 위령성월이네
11월이 가장 깊은 향기가 있는 달
낙엽을 밟는 계절에 죽은 영혼들을 생각하는
위령 성월이 있는 것이 결코 우연이 아니라네

잎이 나무에서 떨어져 흙에 묻혀 거름이 되고
다시 새봄에 새순으로 돋듯
죽은 영혼도 땅에 묻히지만
하느님 안에서 새로운 생명으로
영원한 삶을 누리게 될 것을 암시하여 주네

우리 그리스도인들에게 죽음은 끝장이 아니라
영원한 삶으로의 넘어감이라는 것을 상기시켜 주네
우리는 누구나 언젠가
나무에서 잎이 떨어져 땅에 묻히듯 그렇게 될 것이네

귀천, 하늘로 돌아감 아니 본향으로 돌아감이라네
우리는 이승의 삶을 사는 동안 나무처럼 아름답게 사네

나무는 계절에 따라 각기 아름다운 색을 띠며
어느 시인의 표현처럼 팔을 들어 하느님을 찬미하네

낙엽은 쓸쓸한 느낌을 주지만
우리를 깊은 사색으로 이끌어 주고
낙엽을 밟는 소리는
어떤 악기로도 흉내 낼 수 없는 아주 깊은 맛이 있네

우리 인간도 마지막 생을 다하면
낙엽이 대지의 품으로 돌아가듯 하느님의 품으로 돌아가네
낙엽을 바라보며 하게 되는 죽음에 대한 묵상은
이승의 삶이
하느님이 주신 생명이 아름다움인 것인지 다시 일깨워주네

참으로 우리의 삶의 여정에서
끊임없이 따라가야 하는 등불은 오직 그리스도 한 분뿐이네

7

영성

영성 1

우리 일상 삶이 바로 영
성령께서 함께 계시면서 일하시는 터가 아니겠는가?
우리가 일상 삶을 살아가면서
어떻게 성령의 이끄심을 인식하면서
바르게 살아갈 것인가 하는 길을 제시할 수 있겠는가?

그 방법, 길이 있다면 그것이 영성이 아니겠는가?
영성이란
우리가 살아가는 길에 대한 제시라고 할 수 있네
어떤 영성이라도
지도처럼 실제 지형에 따라
고도가 표시되고 방향이 제시되어 있지 않으면
바른 길을 안내할 수 없네

우리에게 중요한 것은
우리가 정말 우리의 삶 안에서
영성이 필요하다는 것을 인식하는 것이네
여행자에게는
지도가 반드시 필요하다는 것을 인식하는 것이고

이 인식은 여행하면서 방향과 위치를 읽으며
길을 헤매는 체험을 통해서만 얻어진다네

유명한 유태교의 철학자였던 마르틴 부버는
이에 대해 적절한 이야기 하나를 우리에게 들려주네

감옥에 갇혔던 한 유대교 랍비와 간수장이 나눈 대화라네
깊이 사색에 잠겨 있는 고요한 랍비의 모습에
간수장이 깊이 감명을 받았고
나름대로 생각이 깊었던 간수장은 랍비에게 말을 붙이고
자기가 평소에 지니고 있던
성서의 의문점에 대해 랍비에게 물었네

"하느님이 전지전능하시다면 모든 것을 다 아실 터인데
왜 아담에게 '너 어디 있느냐?'라고 물으시는지요?
그 물음을 우리가 어떻게 이해해야 합니까?"
랍비가 되묻네
"당신은 성서가 영원하다는 것,
모든 시대, 모든 세대, 모든 사람이
성서 안에 담겨 있다는 것을 믿습니까?"

"네, 믿습니다."
"하느님께서는 모든 시대 안에게 모든 사람에게 묻는 것입니다.
네가 사는 세상 안에서 너는 어디에 있느냐?
너에게 주어진 나날들, 네가 살아온 삶 안에서 너는 어디쯤 와 있
느냐?
하느님은 당신에게 이렇게 묻는 것입니다.
"그래, 네가 46년을 살아왔는데 너는 진정 어디쯤 가고 있는 것이
냐?"

간수장이 자기의 나이가 언급되는 것을 듣자
깜짝 놀라고는 온몸을 추스르더니
랍비의 어깨를 두 손으로 잡고는
"그렇군요. 하느님께서 제게 묻고 계시는 것이군요."
그의 가슴이 떨리고 있었네

부버에 의하면, 하느님께서는
당신 자신이 어떤 새로운 것을 아시기를 기대하면서
아담에게 너 어디 있느냐?라는 물음을 던지시는 것이 아니라
오히려 아담이 자기 자신을
자기의 처지를 바라보도록 질문을 던지네

성서가 살아있는 하느님의 말씀이라면
하느님께서 오늘 우리에게 던지시는 물음도 똑같다네
우리가 우리의 삶을 돌아보고
우리 삶의 양식에 대해
책임을 지도록 하기 위해 물음을 던지시네

영성 2 – 너 어디 있느냐?

"너 어디 있느냐?"
우리의 내면을 살펴보는 것이 영성 생활의 출발점이네
우리가 "너 어디 있느냐?"라는
고요하고 조용한 목소리를 대면하지 않는 한
우리는 영원히 암흑의 길을 헤매는 길 잃은 양이라네

아담은 이 물음을 듣고 자기가 잘못되었다는 것을
길을 잃었다는 것을 인정하고 하느님 앞에 고백했고
자기 모습을 드러내기가 부끄러워 숨었노라고
부끄러웠지만 용기를 내어 하느님 앞에 나왔던 것이네

'너 어디 있느냐?'라는 물음은
우리가 우리 자신의 위치를 알 때
우리는 바르게 앞으로 나아갈 수 있네
'너 어디 있느냐?'라는 질문은 미래지향적이네

제2차 바티칸공의회는 이 점을 분명히 하여
교회가 나아가야 할 방향을 제시하네
공의회는 교회가 더 이상 세상보다

더 높은 곳에 자리를 잡고

세상을 가르치는 한마디로 말해 진리의 배분자가 아니라

세상 안에서 진리를 찾아나가는 '순례자'라고 표현하네

영성 3 - 전체적인 영성

어느 한 면으로 치우쳐서 다른 면이 소홀히 되지 않고
조화를 이루면서 산다는 것이 우리 모두에게 숙제라네
조화 이루는 과정에서 끊임없는 자기 성찰이 요구되네
우리의 삶을 전체적으로 바라볼 수 있는 삶에서의 양식
이것을 전체적인 영성이라고 부르네

전체적인 영성이란 우리가 참으로 복음적 참사랑을
복음적인 가치를 올바르게 살아가는지 비추어 주네
마치 신체를 단련하는 데 그만한 위험이 따르듯이
미래의 완덕을 향해 나아가는 데도 위험이 따르네

어떤 사람들은 그들이 겪어야 하는
인생의 폭풍이 지나갈 때까지만
단지 얼마 동안 자신들의 닻을 내려놓기를 원하네
놀랍게도 교회의 지도자들
심지어는 수도회 장상에게서 조화를 이루지 못한
다시 말해 인간적으로 미성숙한 경우를 보게 되네

전체적인 영성이 모든 그리스도인이 그들의 신앙과 매일의 삶을
연결시켜 나가도록 이끌 것이네
전체적인 영성을 통해
우리는 인간적인 것과 거룩함 사이의 괴리를 메워 나갈 수 있네

예수회의 유명한 역사 신학자인 휴고 라너는 이렇게 말하네
"성숙한 그리스도인이란
영혼과 육체, 머리와 가슴 사이의 괴리를 극복하고
온전히 통합된 다시 말해 조화를 이룬 사람이다."
건강한 영성이란 온전한 인간됨 없이 이루어질 수 없네

전체적인 영성이란 그리스도인으로서
참으로 바르게 복음적 사랑을 살면서
완덕을 향해 나가면서 한 인간으로서
성숙하게 하는 마음을 갖게 하여주네

융에 의하면 참으로 성숙한 인간이란
영혼과 정신 안의 여러 측면의 통합을
이룬 사람이라고 하면서
동양의 음과 양의 조화의 개념을 말하네

이 통합 내지는 조화는

일생을 거친 노력을 통해서 이루어가네
이 과정 안에서 어떤 극적인 순간을 겪게 되는데
우리는 그것을 mid-life crisis(중년기 위기)라고 하네

전체적인 영성은 우리에게 물음을 던지네
어떻게 하느님께서 우리 삶의 모든 측면과
모든 분야에서 우리를 이끄시고 계시는가?
영성이라는 말 자체가 성령의 인도를 받아서
바로 끊임없이
활동하시는 성령의 장이라는 것을 전제하네

어떤 영성들은 영성생활의 범위를 나와 하느님과의 관계
나의 영혼 상태에 국한시켰네
대조적으로 전체적인 영성은 나라는 인간 존재의 전체성
나와 다른 사람들과의 관계
가정과 교회 안에서 일어나는 일과 관계들을 다 포함하네

전체적인 영성의 접근방식에서 볼 때
영성은 바로 삶 그 자체와의 공존이네

가던 길 멈추고

숨과 숨 사이 죽음이 있다네
소리 있고 쉼 없다면
오름 있고 내림 없는 것이니

목젖 찢는 소리꾼 애절한 것은
정적 때문이라네
절정으로 가는 속삭임

여백 담은 그림
빈칸 있는 시
비우면 더 아름답네

미소 쉬어가는 밤 사이 내린 눈
묶음이어서 빛나고
존재는 소멸 있어 소중하네

머나먼 길

우리가 신앙인으로서
삶의 길에서 겪게 되는 도전
하느님의 부르심에 대한 응답들
현실에 대한 안주가 아닌 끊임없이 열린 마음
열고자 하는 마음과 자세 한마디로 순명이 그것이네

주님의 거룩한 변모 사건에서
'너희는 그의 말을 들으라'라는
하늘로부터 들려오는 거역할 수 없이 순명해야 하는
하느님의 말씀을 듣네

창세기의 아브라함 이야기는 삶 안에서
끊임없이 하느님의 부르심을 들으며
그 부르심에 응답해 나가는
우리 신앙 여정에 관한 이야기이네

바로 우리 신앙인들이 걷게 되는
믿음의 여정에서 출발점을 보여주네

어느 날 갑자기 아브라함은
그의 삶 깊숙한 곳으로 하느님이 찾아오셨고
그 하느님과 만남으로 완전히 다른 삶이 되네

우리 각자가 하느님을 만나고
체험하는 시기와 방법은 다르겠지만
우리 신앙인의 삶도 아브라함의 삶과 다르지 않다네

신앙인의 길은
온전히 하느님께 의탁하게 되는 모험의 여정이고
때로 모든 것은 버리고 떠나야 하는 길이기도 하네

그 궁극적인 목적지는 바로 우리를 부르시는 하느님
하느님께서는 인간을 지으실 때
인간 깊은 곳에 당신을 향한 그리움
당신을 추구하지 않고는 배길 수 없는 갈증을 심어놓으셨네

거룩한 변모

예수님의 거룩한 변모 사건은
이 철저한 '예'에 대한 하느님의 보증이었네
"이는 내 사랑하는 아들,
내 마음에 드는 아들이니 너희는 그의 말을 들어라."

아브라함에서 시작하여 예수님에 이르기까지
아니, 바로 우리 자신들에 이르기까지
이 '예', 바로 순명은 하느님께
온전히 신뢰하며
하느님으로부터 모든 것을 희망하는 태도라네

어느 사랑

겨울조차 버린 시간
의식이 차가운 바닥 감지했을 때
몸과 생각 차단되어
사물은 움츠리고 시간은 늘어져서
마치 죽음은 혀를 내밀며 유혹했네

병실 저편에는
하느님의 부르심에 응답하는 수도승처럼
그를 아파하는 소명 받은 한 사람
성체 등 두 볼에 흔들릴 때
마음 단단히 세운 평화

재활이라는 처방
뒤틀린 사지에 강제되는 올림픽
죽음보다 못한 삶 안고 살아야 하네

절망의 끝에 누운 그에게 내민 손
"나의 아내가 되어 주시오."

깨어 있어라 1

오늘 전례력으로 대림시기로 새해를 맞이하네
대림, 오시기를 고대하는 기다림의 시기
주님의 다시 오심을 기다리는 때
그분이 코로나를 종식하도록 간절히 기도하네

성서는 우리에게 들려주네
"너희는 조심하고 깨어 지켜라
내가 너희에게 하는 이 말은 모든 사람에게 하는 말이다."

다가오는 미래를 위해 우리는 깨어 있어야 하네
대림 시기는 지금이 어느 때인지를 알아보고
잠에서 깨어나서 준비해야 하는 때라네

철학자 키에르케고르의
유명한 「어릿광대와 불타는 마을」이라는 우화를 통해
우리의 삶을, 우리의 처지를 돌아보네

덴마크를 순회하던 어느 서커스단에서

공연 준비 중에 불이 났다네
가장 먼저 눈에 띈 사람이 광대였네
단장은 관중 앞에 나설 준비를 끝낸 광대를
이웃 마을에 지원을 청하러 보냈다네

가을 추수가 끝나서 전답에 불씨가 옮아 번졌다가는
그 마을에도 불이 옮겨붙을 위험이 많았네
광대는 급히 그 마을로 뛰어가 마을 사람들에게
서커스장의 진화작업을 호소하였네

"불이요! 불이 났어요!
불이 번지면 이 마을도 위험합니다!"
마을 사람들은 광대의 이러한 호소를
구경꾼을 끌어들이려는 기발한 수법으로만 생각하고
손뼉을 치며 폭소를 터뜨릴 뿐이었네

호소를 거듭할수록 이번에는 제대로 웃길 줄 아는 광대가
왔노라고 더욱 더 흥겨워할 뿐이었네
결국, 불길은 마을에까지 번져서 손을 쓸 겨를도 없이
마을은 온통 잿더미가 되고 말았네

이 우화를 나름대로 한번 묵상해 보네

신학자 하비 콕스는 이 우화에서 광대에게 초점을 맞춰
이 이야기가 신앙인들 특히 신앙을 전하려는 사람들
예컨대 사제나 수도자들의 처지를 잘 말해주고 있다고 했네

현대의 고도의 물질문명을 사는 사람들
교회의 전통과 언어와 사상에 젖어 있지 않은 사람들에게
젊은이들에게 그리스도교의 신앙을 말하려고 하는 사람이면
자신의 시도가 얼마나 생소하게 느껴지는지 모르네

광대란 먼 옛적부터 광대 옷을 입었기 때문에
아무도 진지하게 대해주는 이가 없기 마련이네
사람들은 애초부터
그가 광대라는 것을 알고 있으므로 어쩔 도리가 없다네

광대보다는 불길에 초점을 맞추고 싶네
여기서 불길이 상징하는 것은 무엇일까요?
우리 시대의 사회상을 잠시 돌아보면 금방 알 수 있네
도덕과 인륜이 날로 퇴폐하여지고
이기주의와 탐욕이 만연한 시대이네

깨어 있어라 2

오늘날 우리 시대를 위협하고 있는
온갖 광란의 몸짓들이
바로 마을을 향해 번져 오는 불길이라네
불길은 시대의 징조이며
광대의 호소는 이 시대 예언자의 외침이라네
마을 사람들은 현대를 사는 우리 자신들이네

우리는 왜 진실을 보지 못할까요?
우리의 눈은 무엇에 가린 것일까요?
우리는 어쩌면 아직 잠을 자고 있는지도 모르네
예수님은 "늘 깨어 기도하여라."라고 우리를 초대하네
시대의 징조를 알아보고 예언자의 외침을 알아듣기 위해
우리는 모름지기 깨어 있어야 하네

깨어 있다는 것은 무엇인가?라고 묻네
깨어 있다는 것은
불의가 현존함을 직시하고
이에 항거하여 정의를 추구함을 의미한다네

깨어 있다는 것은 어떤 고난에도 절망하지 않고
희망을 지닌다는 것을 의미하네

깨어 있다는 것은 나아가서
이 시대의 어둠을 밝히는 빛이 됨을 의미하며
작은 촛불 하나가 어둠을 깨뜨리듯
우리는 이 시대에 작은 촛불이 되어야 하네

깨어 있다는 것은
우리의 마음을 하느님께로 향하는 것이네
우리는 이제 남을 깨울 것이 아니라
우리부터 깨어 있어야 하고

시대를 탓할 것이 아니라 나 자신을 돌아보아야 하고
우리부터 사랑을 실천하고 우리부터 우리 자신을 나누고
우리부터 정의를 추구하고
우리부터 남의 권리를 인정해 주어야 하네

우리 사회는 조금씩 변화될 것이며
진정한 의미의 개혁이 일어날 것이라네
우리는 우리가 깨어 있을 때
우리 마을로 번져오는

물질만능주의의 불길을 진화할 수 있고
우리가 깨어 있을 때
예수님이 우리 안에 오심을 알아볼 수 있네

그러기에 기다림은 이미 만남이고
바로 오시는 그분, 주님과의 만남이라네

길 - 순례자

성 이냐시오를 사부로 둔 저희 예수회원들에게
'길'은 아주 친숙하고 우리 자신들의 정체성을
잘 나타내는 이미지이기도 하다네
마치 예수님께서 당신 자신을
늘 '사람의 아들'이라고 부르셨듯이
성 이냐시오는 자신을 늘 '순례자'라고 했네

끊임없이 길을 떠나는 여정
어느 한 곳에 안주하지 않고
다른 곳으로 옮겨가며 복음을 전하는 일
예수님의 체험을 통해
자신들의 성소로 인식한 성 이냐시오에게
길은 아주 자연스럽게 다가오는 이미지였네

예수회의 [회헌]에 보면,
"예수회의 첫 번째 특징은 여행하는 것이다."라고 되어 있네
예로니모 나달 신부는
"예수회원들에게 가장 원칙적이고 특징적인 삶의 방식은

집에 머무르는 것이 아니라 여행에 있다."라고 쓰고 있네

여행을 하다보면 누구나 길을 잃고 헤매는 체험을 하네
나는 비교적 길을 잘 찾는 편이지만
나도 더러 길을 잃고 낭패를 당할 때가 있다네
대개는 나는 길을 잘 찾고
또 그 길은 내가 뻔히 알고 있다는 자만이 낭패의 원인이네

요즈음 더욱 인생길이 참 어렵고
마음의 길은 더구나 쉽지 않다는 것을 절감하고 있네
인생의 길을 제대로 걸어왔는가 싶으면
별안간 길이 저를 벼랑 앞에 세워 낭패를 당하기도 하고
막다른 길이 나와서 돌아가야 하는 경험을 하게 되네

길 — 지혜

신경림 시인은
"사람들은 이것이 다 사람이 만든 길이 거꾸로
사람들한테 세상사는 슬기를 가르치는 거라고 말한다."
라고 하네
인생길에서 벼랑 앞에 서거나 막다른 궁지에 몰릴 때
우리에게 지나온 길이 어디에서 잘못되었는지를
돌아보는 지혜를 가르쳐 주네

오늘 신경림 시인의 길이라는 시를 다시 읽으며
문득 길이 순순히 사람들의 뜻을 따르지 않고
때로는 벼랑 앞에 세우기도 하고
제 허리를 동강 내어 저를 버리게도 하는 것이
얼마나 다행인가!라는 생각을 했네

우리가 마음대로 우리의 길을 걷는 것이 아니라네
우리 삶이 우리가 만들거나 추구하는 길이 아니라
그분의 길을 따라 걸을 때
우리가 바른 길을 걸어갈 수 있음을 확인하게 되네

우리는 늘 물어야 하네

예레미야 예언자가 우리에게 들려주네
"예로부터 있는 길을 물어 보아라.
어떤 길이 나은 길인지 물어보고 그 길을 가거라."(예레. 6, 16)
"길이 사람을 밖에서 안으로 끌고 들어가
스스로를 깊이 들여다보게 한다는 것은 모른다."라고 한
시인의 성찰을 다시 새겨듣네

가던 길을 멈추고 서서 돌아온 길을 돌아볼 때
우리는 길이 우리를 안으로 끌고 들어가
스스로 깊이 들여다보게 한다는 것을 알게 되네
길이 우리를 밖에서 안으로 끌고 들어가
스스로 깊이 들여다보게 하는 거기서 멈추어서는 안 되네

다시 세상 안에서 걸어가야 하는 길은
안에서 다시 밖으로 나아가는 새로운 여정
바로 사랑의 길이라네
그분과 함께 그분이 걸어가신 길을 따라
사랑의 삶을 사는 길이라네

그분의 말씀

"나는 길이요 진리요 생명이다.

나를 거치지 않고는 아무도 아버지께 갈 수 없다."라는 말씀을

마음 깊이 새기고

참 생명이며 진리로 이끄는 길 자체이신 그분을 따르며

우리도 다른 사람들에게

때로 작은 오솔길이 되어 사랑을 나누기로 하세

길 - 새벽 산책

나는 지난여름 영신수련에 의한 30일 피정을 하였다네
새벽 산책으로 '스승 예수 피정의 집'에서 5킬로미터쯤
떨어져 있는 '라파엘의 집'까지 걸어갔었다네

길을 걸으면서 산 위에
"나는 길이요 진리요 생명이다"라는 상징으로
세 손가락을 펴고 계신 스승 예수상을 바라보았네

'나는 길이다'라는 말씀을 가슴에 담고 길을 따라 걸었네
마음 속 가득 예수님이 나와 함께 걷고 계시다는 느낌이었네
언덕에 도착해 장엄한 일출을 바라보았네
산은 자욱한 안개 사이로 떠오르는 일출은 장관이었네
마치 태양이 나를 향해 다가오는 듯한 느낌에 가슴이 벅찼네

나는 천천히 걸어가면서 예수회 입회 이후의 삶을 돌아보았네
많은 사건이 떠올랐지만, 그냥 지나가도록 내버려 두었다네
과거의 편린들이 주마등처럼 머리를 스치며 지나갔다네
어떤 사건도 그다지 중요하게 생각되지 않았다네

한때 그토록 분노했던 일들조차 다만
삶의 한 과정이었다고 생각되었네
그 안에서 주도하시는 분은
하느님이셨음을 깨달았네

고 김승립 신부님이 떠올랐네
내가 대학시절 존경했던 분이었다네
그분의 죽음이 내게 준 상실감은 컸네
하지만 지금 돌이켜보면 그분은 제게 당신의
몫을 맡기고 떠나셨는지도 모른다는 생각이 드네

신부님은 천국을 그리워해
그토록 빨리 가신 것이 아닐까 생각도 들었네
새들의 노랫소리가 들려왔네
해오라기가 날아가는 모습도 보았고
나무에 딱따구리들이 나무를 쪼는 것도 보았네

내게 그 순간 모든 것이 정겹게 다가왔네
새벽의 정적 속에서 아침이슬을 머금은
숲은 제게 하느님의 은총을 느끼게 해 주었네
길을 따라 고개를 넘어 내려갔다가 다시 돌아서 걸었네
문득 이 길이 나의 인생 여정을 상징한다는 생각이 들었네

천천히 오르막을 따라 올라왔다가 고개를 넘고
다시 또 고개를 넘어가는 이 길이
우리 인생의 여정이라면
나는 지금 어디쯤 가고 있을까? 생각해 보았네

분명 내려가는 길목에 있지만
어디쯤 가고 있는지는 그리 중요하지 않다는 생각이 들었네
지금 자신이 어디를 향하고 있는가가 중요하다고 생각되었네
예수님께서 '나는 길이다'라고 하셨는데
정말 내가 그 길을 따라가고 있는지 자문해 보면서
산길을 내려왔네

성경에서 '길'은 시편 작가나 예언자들이
인생에 비유해 사용한 단어라네
인생은 누구한테나 순례의 여정을 걷는 나그네 길이네
이 새벽의 산책은 언제나 내게 하느님이 베풀어 주시는
은총이라고 생각하네

내가 걷는 길이 그저 발길 닿는 대로 가는 방랑의 길
목적 없는 방황의 길이 아니라는 것을 깊이 느끼기 때문이네
하느님의 이끄심을 통해 이어지는 그분의 길이기 때문이라네

시냇가를 지날 때 들리는 물소리가
예언자들의 '메마른 땅에 시냇물이 흐르게 하리라'고
외쳤던 희망의 메시지처럼 들려왔네

시냇물은 멈추지 않고 흘러가네
흐르면서 늘 더러운 것을 함께 가지고 가네
내 길도 시냇물처럼 늘 죄를 흘려보낼 수 있기를 기도하네

햇살

한 줄기 햇살처럼 우리에게 오셔서
위로를 주시는 분이 바로 성령이시네
성령은 불이시네
우리의 마음을 사랑으로 타오르게 하는 불
어두움을 비추며 찬 마음 데우시고
굳은 마음 풀어주시는 불길이시네

성령은 바람이시네
성령은 불고 싶은 대로 부네
어디에도 매이지 않는 자유이며 생명의 숨결이네
성령은 세찬 힘이었네

두려워서 다락방에 숨어 있던 제자들이
성령을 받아 담대하게
부활하신 그리스도를 선포할 수 있었네
오래전 성령 강림 대축일에 썼던 시가 들리네

별과 시

오늘 박동규 교수가 쓴
'가난은 아버지 가슴에 별과 시를 주었다.'라는
글을 다시 읽었네

어느 해 겨울이었다.
아들을 낳아 조금 넓은 방으로 이사를 가야 하는데
돈이 없어서 쩔쩔매고 있었다.
어느 일요일 집에 들르니까
아버지가 '방을 넓혀야 할 텐데' 하고 걱정을 하셨다.

내가 "친구가 저녁에 번역할 거리를 준다고 했어요."
하고 대답했다. 그러자 아버지는 안색이 나빠지면서
"그런 일 하지 마라." 하고 말렸다.
그러고는 한참 후에 이런 이야기를 들려주셨다

아버지가 중학교 이 학년 겨울, 방세를 내지 못하자
집주인이 나가라고 했다는 것이었다.

할 수 없이 고향에 내려가 기차 통학을 하겠다고 하자
담임선생님이 몇 시간씩 기차를 타고
어떻게 공부를 할 수 있겠느냐고 하면서
학교 온실에서 지내라고 하셨던 것이다.

아버지가 온실에 가마때기를 깔고 누워 보니
유리창 위로 별들이 보이고
그 별들은 가슴에 와서 이야기를 하더라는 것이었다.
아버지는 이 말씀 끝에

"이놈아, 내가 유리창 너머로 보이는 별을 보며
내 신세가 가련하구나! 했으면 지붕이 있는
집에 살 수 있는 사람이 되려고 했겠지
그러나 나는 별들이 속삭이고 가는 이야기를
글로 쓰려고 했으니 시인이 되었지"라고 하셨다

나는 아버지가 시인이 된 것은
온실 가마니 위에 누워 지붕이 없음을 한탄하기보다는
아름다운 별을 볼 수 있었기에 시인이 된 것이라고 생각했다
그리고 내 갈 길을 찾았다.

이제 아버지가 가신 지도 이십 년이 지났다.

그러나 아들인 나는 아직도 살아 계신 아버지
내 곁에서 나를 지켜 주시는 아버지만 생각하기에
내 기억의 회상도
그쪽으로만 흘러갔음을 밝히지 않을 수 없다

'나그네'라는 시로 우리들의 가슴에 남아 있는
시인 박목월 선생과 중학교 교과서에 실려 있는
수필 '내 생애 가장 따뜻한 날들'의 박동규 교수는
아버지와 아들이라네

학생 시절 시험을 보기 위해서도 딸딸 외워야 했던
청록파 시인 박목월
향토적 서정을 간결하고 선명하게 노래한
그는 시만큼이나 아름다운 사람이었네

박동규 교수는
"표를 살 돈이 없는 아버지는 중학생 아들의 손을 잡고
서커스 천막 주변을 맴돌다가 개구멍을 발견하면
얼른 아들을 들여보낸 뒤
행여 경비에게 들켰을 것을 염려해
그 앞에 내내 지키고 서 있었다."라고 하네

유리창을 통해 하늘이 보이는 온실에서 별을 보며
자신의 처지를 가련하게 생각하지 않고
별들이 속삭이는 이야기를 듣고 시를 쓰려고 생각했던
시인 박목월 선생의 어린 시절의 일화를 들으며

우리에게 주어진 어떤 상황도
그것을 바라보는 시각에 따라 달라질 수 있음에
새삼스럽게 경탄하게 되네
감옥의 창살을 통해서도
캄캄한 어둔 밤만을 보는 사람이 있는가 하면

그 어둔 밤을 밝히는 별을 바라보는 사람이 있다네
별과 시로 가슴에 남아 있는 아버지가 될 수 있다면!

우리가 자식들에게 삶에서
진정으로 소중한 것이 무엇인지를 보여주고
갈 길을 가르쳐 줄 수 있는 아버지가 되는 것이
더 현명하고 지혜롭지 않을까 생각하네

이중 언어

한 언어 터득할 수 있어서
다른 말로 건너갈 수 있지만
이 세상과 저 세상 사이 다른 구조
서로 엮어낼 수 없는 양태 앞에 말을 잃네

남겨진 사람은 무표정 눈물 분노 안도에 현혹되고
한 가지 정서로 담아내기 어려운 작별 셈하려 하네

관 속에 누운 정지된 시간이 지나
비밀의 문 열고 떠나 버린 저 너머 세상
이 세상 인지 경험으로 다가갈 수 없어서
구차한 설명으로 다른 세상 소환해 보지만

해석할 수 없는 죽음 이후의 지식이 없어
초라한 땅에 발 딛고 변론하다 지친 자존심
오늘은 다른 네 가지 죽음을 만나고 왔다네
아이 미소와 슬픈 사람은 오늘도 다시 태어나네

내적 치유 1

우리에게 예수님이 계신데
왜 '내적 치유'가 필요한가?라고 생각했네
삶 안에서도 변화의 과정을 거치면서
우리에게 내적 치유가 왜 필요한지를 깨달으네

내적 치유가 중요하다는 사실을 알게 되었고
내적 치유의 결과를 알아듣게 되었다네
삶의 체험이 다른 어떤 이론보다도
실제 더 도움이 되었던 것이네

아버지는 우리가 아버지에게
신체적인 접촉을 허락하지 않으셨고
아버지를 껴안거나 할 수 없었다네
아버지가 우리를 보살피는 것은 알지만
아버지의 사랑을 별로 느끼지 못했네

우리는 어머니에게서 보살핌과 더불어
따뜻한 사랑을 받았네
아버지는 일하러 이른 새벽에 나가시고

우리는 늘 아버지의 부재를 느꼈네
아이들에게는 아버지의 존재가 필요하네

어머니가 이것을 알아차리시고
아버지의 몫까지 하려고 하시지만
분명한 한계를 지니고 계셨네
어머니의 사랑만으로는 부족하다네
우리는 아버지의 사랑을 받고 싶었지만
아버지는 그 사랑의 표현을 할 줄 몰랐다네

그때 아버지가 저에게 말했네
"아들아, 일어서 봐라."
제가 일어섰을 때, 아버지가 저를 껴안았다네
제가 태어나서
처음 아버지에게서 포옹을 받은 것이라네

아버지가 저를 안아주시는 순간
몸에서 화학적 반응이 일어났네
우선 눈물이 앞을 가려서 어두워졌고
세상이 빙빙 돌았네
예수님께서는 제가 과거를 방문할 수 있도록
허락해 주셨다네

내적 치유 2

나는 화를 내고 싶지 않았지만
가끔 저도 모르게 화가 나는 저 자신을 발견하곤 했네
친구들에게 다정하게 대하지 못하다네
나는 아무리 큰 고통이 와도 울지 않았네

아버지가 저를 안았을 때
나에게서 울음이 터져 나왔다네
그 후 이제 고통이 있을 때
영영 울 수 있게 되었네
이것이 큰 치유라네
나에게서 내적 치유가 일어난 것이네

모든 것에 때가 있다네
씨를 뿌릴 때가 있고 수확을 거둘 때가 있네
우리는 추수만을 원하지만
씨 뿌리는 것은 잊어버리네

씨 뿌리는 것이 중요하다네

각각의 신심 행위
기도, 성체 조배, 성사 생활을 통해
우리는 씨를 뿌리는 것이라네
때가 되면 추수를 하게 될 것이네

블랙 마돈나(검은 성모님)

쳉스토호바 시의 빛의 언덕, 야스나구라
성 바오로 은수자회 성당의 검은 성모님 그림 신비로워라

쳉스토호바는 폴란드인들의 영적 수도 마음의 고향이라네
검은 성모님 폴란드인들의 영혼에 밝은 빛을 비추신다네
예수님 성가정에서 사용하던 요셉 성인이 만든 탁자 위에
성 루카 성모님 의자에 앉히시고 초상화 그렸다고 전하네

성모님, 그 그림 보시고 말씀하셨다네
"나의 은총이 이 그림과 함께 할 것입니다."
300년 동안 예루살렘에 숨겨져 있던 검은 성모님 그림
성녀 헬레나 성 십자가 찾던 중에 우연히 발견되었다네

외적의 침공으로 검은 성모화 모신 성당 불탔으나
검은 성모님 모신 벽은 타지 않고 그대로 남아 있었다네
화재의 연기와 열기로 성모화는 검은 빛을 발하게 되어
블랙 마돈나, 검은 성모님이라 불리게 되었다네
검은 성모님 신비로운 여로를 거쳐 쳉스토호바로 오셨다네

브와디스와프 왕자 검은 성모님 실롱스크 성에 옮기는 중
성모님께서 왕자에게 나타나시어 말씀하셨다네
"이곳이 이제 나의 새로운 집이 될 것이다."
폴란드 위기에 처할 때마다, 때로 눈물 흘리시고
때로 피 흘리시며 기적 일으켜 나라 구하신 검은 성모님

폴란드인들은 검은 성모님께 아름다운 왕관 씌워 드리고
영원한 여왕으로 모시며 3월 3일을 축일로 제정하였다네
소년 콜베에게 흰색과 붉은색의 관 보여주신 검은 성모님
첫영성체 때, 보이티와에게 깊은 인상을 주신 검은 성모님

이제 당신을 보러 오는 전 세계의 모든 순례자에게
당신이 평화의 모후이시니 당신께 의탁하라고 말씀하시네

아들의 고백

여러분들 앞에서 정직하겠습니다
아빠는 제가 문제 있을 때마다
맨 먼저 달려오신 분이셨습니다

아우야 우리 아빠는 나에게도 그러셨단다
너는 이제 유일한 혈육
가장 소중한 누나가 되어 줄게
지난 삼 년 소용돌이 동안

아빠다울 수 없었던 아빠였습니다
이해하지만 그 아픔 담기에
너무 어렸던 저를 이해해 주세요
당신을 안아 줄 수 있게 되니 떠나셨군요

아우야 너에게 가장 다정한 엄마가 되어 줄게
누이야 가장 든든한 동생 되어 줄게요

표징

표징이 나타나리라
해와 달과 별에 표징이 나타나리라
검푸른 바다의 포효소리와
노도처럼 밀려오는 거친 파도에
땅 위의 뭇 민족들이 겁먹으리라

사람들은 얼굴이 하얗게 질리고
세상에 어떤 일이 닥쳐오는지를
육감으로 느끼며 두려움에 떨리라
천체가 마구 흔들리기 때문이리라

그대들은 보리라 그때
홀연 사람의 아들이 구름을 타고 오는 것을
찬란한 영광의 빛에 싸여
권능의 홀을 손에 쥐시고 오시리라

이제 이 일이 일어나려 하나니
그대들이여

일어나 고개를 들어라
그대들의 구원의 날이 오고 있나니라

이 무화과나무와 온갖 나무들을 보라
잎이 돋아나고 무성해지면
여름이 다가오고 있음을 아나니
이런 표징을 보며
그대들은 알게 되리라
하느님의 나라가 다가왔다는 것을

진실로 이르노니
이 세대가 다 가기 전에
이 모든 일이 일어나리라
하늘과 땅은 먼지로 사라지리라
그러나 내 말은 영원히 남으리라

그대들이여 항상 경계할지어니
그대들의 마음이 짓눌리지 않도록 하라
방탕하거나 술에 취하거나 세상 걱정거리로
그대들의 마음이 짓눌리지 않도록 하라

마치 순식간에 짐승을 낚아채는 덫처럼

예고 없이 그날이 그대들을 사로잡으리라
온 땅에 사는 모든 사람을 덮치리라
그러니 그대들은 깨어 기도하여라

이 모든 일이 일어날 때
재난을 피하여
사람의 아들 앞에 설 수 있도록
그대들이여 깨어 기도하여라

갈매못

갈마연은 풀이하면
목마른 말에게 물을 먹이는 연못이라는 말이네
말뿐만 아니라
우리 인간도 때로 갈증 느끼며 물을 갈망하네

우리 모두 사마리아 여인처럼
영원히 목마르지 않을 물을 찾는다네
갈 인연, 사람의 갈증을 축여주는
갈매못으로 가서 그 물을 드네

갈매못 성지 – 다블뤼 안 주교

그 바다가 보이는 해안가에
갈매못이라 불리는 성지가 있네
갈매못은 이름 모를 수많은 순교자가
억울하게 처형을 당한 곳이라네

하지만 다섯 명의 성인이 같은 날
참수를 당한 곳으로 잘 알려진 성지라네
다블뤼 안 주교,
오메트르 신부,
위앵 민 신부,
황석두 루가,
장주기 요셉이 그 이름들이라네

다블뤼 안 주교님은
대원군과 만나려고 시도했으나 실패했네
대원군이 그를 먼저 찾았는데,
바쁘게 공소에 다니느라 모르고 있다가
나중에 알게 되었다네

대원군은 이미 화가 난 후였다네

다블뤼 주교님은 신자들이 마구 잡혀 처형되자
더 이상의
희생을 막기 위해 스스로 체포될 것을 결심했네
다블뤼 주교님의 체포 소식을 들은
오메트르 신부와 위앵 신부도 거의 자진하여
잡혀 서울로 압송됐네

때마침 고종이 병을 앓게 되고
국혼(國婚)도 가까운 시기여서
사람의 피를 흘리는 것은 좋지 못한 징조라 하여
보령수영으로 옮겨 처형하기로 했네

포승줄에 매달려 터벅터벅 오는
그들의 모습을 그려보면
참 가슴이 먹먹해지네

그들은 잠시 쉬는 틈에도
서로 묵상 나눔을 하고
성가를 부르며 하느님께 찬미를 드렸다네

다블뤼 주교님은
내포 지역을 중심으로 활동하였고
그는 사목활동 중에도
한국 순교사와 교회사 자료 수집에 열중하였네

그의 한국 순교 '비망기'가 남았고
순교사 연구에 아주 귀중한 자료가 되네
다블뤼 주교님은 체포되기 직전에
동료인 만주 교구장에게 편지를 한 통 보냈네

이 서한에서 순교를 앞둔
주교님의 마음을 가늠할 수 있네
"교구장 베르뇌 주교와 선교사들이 체포되었습니다.
피할 길이 없습니다.
내 차례도 올 것이니,
제가 싸움터에서 견디어낼 수 있기를
하느님께 청합니다."

우리는 순교의 현장에서
그날의 장면을 떠올려 보게 되네
다블뤼 안 주교님이 먼저 칼을 받았고,
이어 오매트로 오 신부님,

위앵 민 신부님,
황석두 루가 회장님,
장주기 요셉 회장님이 차례로 치명하였다네

다블뤼 안 주교님은 서울로 압송되어
심문을 당할 때도 너무나 유창한 한국말로
천주교에 대한 공격을 반박하였기 때문에
다른 사람들보다 더 심한 고문을 받았다네
당시 순교 장면의 목격자의 한 사람인
이 힐라리오가 기록을 남겼다네

"포졸이 맨 먼저 주교를 칼로 쳤다.
목이 완전히 베어지지 않고 반만 잘렸다.
주교의 몸이 한 번 크게 경련을 일으켰다.
이렇게 망나니가 목을 반만 벤 다음
수사에게 자기의 수고 값으로
양 400꿰미를 요구했다.

수사는 주겠다고 승낙했다.
망나니는 다시 안 주교에게 다가가
한 번 더 목을 치니
안 주교의 목이 몸에서 완전히 떨어졌다."

오늘 한국순교 성인들의 대축일을 맞으며
다시 한 번 한국인 순교자들뿐만 아니라
이 땅의 복음 전파를 위해
멀리 이역 땅에서 와서 모진 고생을 했던
외국 선교사들을 기억하네

열망

"라삐, 어디에 묵고 계십니까?"
예수님의 물음에 또 다른 물음으로 답하는
두 사람의 마음도 헤아려 보네
이 물음 안에는 함께 머물면서
당신을 깊이 만나고 싶다는 열망이 담겨 있네

예수님께서는 '와서 보라'는 말씀으로
당신과 함께 묵으면서
당신을 만나보라고 초대하시네
두 사람은 따라가서 예수님이 계신 곳을 보고
거기서 예수님과 함께 지냈다네

함께 머물면서 내밀한 만남이 이루어졌네
예수님과 제자들 사이에 선문답처럼
이루어지는 이 대화 안에 깊이 머무르네
때는 오후 네 시쯤이었다고 요한은 전해 주네

때는 단순히 시각을 지칭하는 것이 아니라

만남이 이루어진 시간, 은총의 시간을 의미하네
그 시간이 진정한 의미에서
주님과의 첫 해후가 이루어진 시간이기에
깊이 마음에 새겨둔 그런 의미를 담고 있네

이 묵상을 통해
각자 예수님과의 특별한 만남의 기억을 떠올리며
그 만남을 되새기네
주님께서는 언제나 우리를 초대하시네
그 초대에 응답하여
그분과 함께 머무르겠다는 결심을 새롭게 하네

야다와 미카르

히브리어에서
인간이 하느님은 안다고 할 때
'야다'라는 동사를 쓰는데
히브리어에서
인간이 인간을 안다고 할 때는
바로 '마키르'라는 동사이네

'마키르'는 그 사람이 누구인지 알고 있다는
그의 이름이 무엇이고
부모는 누구이며 어디에서 왔는지를
안다는 뜻이네
인간이 지닌 앎의 한계 때문이라네

잠언은 우리에게 지혜에 대해 들려주네
참 지혜는 바로 하느님을 아는 것이라네
"어떠한 길을 걷든 그분을 알아 모셔라.
그분께서 네 앞길을 곧게 해 주시리라."(3, 6)

어떠한 인간이 하느님의 뜻을 알 수 있겠습니까?
누가
주님께서 바라시는 것을 헤아릴 수 있겠습니까?
죽어야 할 인간의 생각은 보잘것없고
저희의 속마음은 변덕스럽습니다.

저희는 세상 것도 거의 짐작조차 하지 못하고
손에 닿는 것조차 거의 찾아내지 못하는데
하늘의 것을 밝힐 자 어디 있겠습니까?

히브리 사상에서
하느님을 안다는 것은
그들 삶의 필수적인 조건이었네
많은 예언자의 가르침이 한결같았네
하느님을 알아야 바르게 살 수 있다고 가르쳤네

예수님께서
기도를 통해 '영원한 생명'
참 하느님이신 아버지를 아는 것이고
그것은 바로
아버지께서 보내신
당신을 아는 것이라고 말씀하시네

그대의 일기

시간의 금을 넘어 찾아왔는가?
더듬이 쓰고 몰래 숨은 사람들
익숙해져야 보이는 검은 지평선
한계와 소망의 경계가 겨룬다네

시간의 금 넘어 찾아왔는가?
검은 신 앞에 진실을 묻네
한낮 태양 아래서는 부끄러워
검은 가면 쓰고 두리번거리네

시간의 금을 넘어 찾아왔는가?
만개하지 못한 어제는 떠나고
숨 죽여 마시는 잔에 담긴 고독
매일 어둠에 익숙해져 갈 뿐이네

작위적 경계선에서 문을 여니
그대와 나는 범부일 뿐이거늘
어설픈 현자들 불편한 표정이
밤이 길어 잃어버린 슬픈 얼굴

주님의 이름

시편은 우리에게 들려 주네

"나는 이제 안다네.
주님께서 당신이 기름부음 받은 이에게
구원을 베푸심을.
그분께서 당신의 거룩한 하늘에서
당신 오른손의 구원 위업으로 그에게 응답하시리라.
이들은 병거를, 저들은 기마를 믿지만
우리는 우리 하느님이신 주님의 이름을 부르네."(시편 20, 7-8)

이 말의 의미는
우리가 주님이 어떤 분이신지를 알기 때문에
그분께 신뢰를 두고 그분을 믿고
그분께 찬미를 드린다는 뜻이라네

주님의 이름에 찬미를 드림은
주님은 위대하심과 자애와 구원을 베푸시는 분
그분의 권위에 부복한다는 뜻을 내포하고 있네

"그리하여 내 백성은 나의 이름을 알게 되리라.
그날에 그들은 '나 여기 있.'고 말한 이가
바로 나임을 알게 되리라."(이사 52, 6)

예수님께서는 이 기도를 통하여
예언자 이사야가 선포한 그 메시아가
바로 당신이시라는 것을 우리에게 들려주네
아버지를 뵙게 해 달라고 청하는
필립보에게
"나를 본 사람은 아버지를 뵌 것이다."라고 하셨을 때
예수님께서는 아버지가 어떤 분이신지를 알기 위해서는
바로 당신 자신을 아는 것으로 충분하다고 말씀하시네

바로 아버지의 품성 아버지라는 존재의 요체
그분이 참으로 어떤 분이신지를 알기 위해서
달리 따로 알아야 할 것이 없고
다만 당신을 믿고 받아들이는 것뿐이라네

이 기도에는 제자가 참으로 당신의 일을 계속
이어갈 사도가 되기 위한 필수 요건이 담겨 있네
예수님께서 아버지에게서 나왔다는 것을 바로 알고
아버지께서 당신을 보내셨다는 것을 믿는 것이라네

그대의 사랑처럼

갑자기 천둥과 번개로 쏟아 버린 눈물
가슴에 가득 차 강둑으로 막고 살면
어느 날 수위 견디지 못해 수문 열어야 하리

그대가 쓸려 내려갈까 봐 조심스레 담아도
아직 익숙하지 않아 두리번거리다가
쏟아질까 주춤하여 발걸음 멈추네

육십육 년 전 어제 삼십 나이 넘기지 못하고
세월 남긴 시인과 여가수의 시대극처럼
그 눈동자 그 모습 매일 생생할 뿐이네

봄이 오고 여름 와도 얼음 든 기억이어서
그는 시를 쓰고 나는 노래 부르던 청춘이
우리에게도 봄같은 화창한 시절 있어서

그대 없는 삼월 햇살 시려울 뿐이네
그대 없는 들꽃 드는 세상 고적할 뿐이네
그대 없는 봄볕 아린 기억으로 덧날 뿐이라네

성 요한

우베다의 원장
빠드레 프란치스꼬 크리스소스또모는
요한 수사가 장상으로 그가 평수사로 있을 때
요한 수사한테 징계를 받은 일이 있었다네
이제 자기가 장상이 된
그는 요한 수사에게 보복할 기회로 삼았네

어쩌면 수도원도 세상과 그리 똑같은지 모르네
그 원장은 세상 사람들보다도 더 치졸하다네
원장은 요한 수사가 거처하게 될 방을
아주 낮은 출입문을 통해서 가는
가장 작은 방을 주었네

원장의 명령으로 요한 수사는 공동체의
모든 일과에 예외 없이 참석해야 했네
어느 날 요한 수사는 통증이 심해
도저히 식당에까지 갈 수가 없었네

침대에 누워 있었는데
원장은 그를 억지로 데려오게 하고
자기 명령에 순명하지 않았다고 꾸짖었다네
예나 지금이나 수도원 원장이 권력으로 아는
어처구니없는 사람들이 있네

요한 수사의 병은 더욱 악화되었네
작은 부스럼으로 시작된 종기가
커져서 단독에 걸리게 된 것이라네
의사가 와서 종기가 난 부분을 긁어내고
썩은 살을 도려내야 했네

점점 그의 병세는 더욱 악화되었고
상처에서 고름이 쉴 사이 없이 흘러나왔기 때문에
날마다 여러 번 붕대를 갈아주어야 했다네
그는 점점 죽음에 가까이 다가갔네

요한 수사의 병은
점점 치유할 수 없는 상황으로 악화되었네
어느 날 수사들이 요한 수사를 옮겨 눕히려고 하자
그는 자기 혼자서 움직이겠다고 하였네
그의 등에 커다란 종양이 나 있어서

수사들이 그를 들려고 하면 심한 고통을 주었네

그는 바로 임종하기 전에
자신을 당겨 올리면서 말하였네
"하느님 감사합니다. 저는 참 가볍네요!"
그는 극심한 고통 중에도 유머를 잃지 않았네
그는 원장과 수사들에게 갖가지 폐를 끼친 것에
용서를 청하였네

용서를 청해야 할 사람은 원장인데
오히려 요한 수사가 원장에게 용서를 청하였다네
원장이 최소한의 양심은 지니고 있었는지
수도원이 가난한 탓으로
그에게 좀 더 잘해 주지 못했다고 사과를 하였다네

오후 다섯 시경 요한 수사는
몇 시가 되었는지 묻고 나서
병자성사 받기를 원하였네
"떠날 때가 다가왔어요.
내 형제들을 불러주십시오."라고 일렀네

조과경을 알리는 종소리가 들려 왔고

"무슨 종이지요?" 하고 요한 수사가 물었네
"조과경에 형제들을 부르는 종소리입니다." 하자
요한 수사는 "하느님께 영광!
나는 천국에서 조과경을 읊을 것입니다."라고 말하였네

마지막으로 십자가에 입을 맞추었네
예수님처럼 이렇게 마지막 말을 남겼네
"주님, 제 영혼을 당신 손에 맡기나이다."
그의 생애
그의 어두운 밤, 그의 고통은 끝났다네

그는 죽은 것이 아니라 살아있네
그가 사랑했던 사람들의 기억 안에서
그리고 그의 아름다운 책을 읽는 우리 곁에
그는 살아있다네

나무들이 깨어나는 소리

강가에 물안개 피어오르는 시간
강둑을 따라 길을 걸었다네
들꽃들이 살포시 고개 들어 건네주는
향기 맡으며
나무들이 깨어나는 소리에
노래를 부르는 새들의 소리 들었네

아침 해가 떠오르니
강물은 은하수를 뿌린 듯 반짝이었네
주막에 들러 사람들과 이야기를 나누었지
요한의 세례에 대해 이야기를 나누고 있는
민초들의 눈빛에서 희망의 설레임을 보았네

메뚜기와 들꿀을 먹으며 광야에 살고 있던
낙타 털옷에 가죽 띠를 두른 사나이
강가에 나와 외치는 소리 있었네.
"회개하여라. 하늘나라가 다가왔다."

많은 사람이 자신을 죄인으로 인정하고
줄을 지어 세례를 받고 있었네
차례가 되어 물 속에 잠기었지
홀연히 하늘이 열리고
성령이 비둘기 모양으로 내려오는 것을 보았네.
"이는 내 사랑하는 아들, 마음에 드는 아들이다."

이 소리에 놀라 요한을 바라보았지
그의 깊은 존경과 신뢰의 눈빛을 보며
평화 안에 깨달았네
하느님, 그분이 나의 아빠, 아버지.
나는 그분의 뜻만을 따라야 함을

성령께서 나를 광야로 이끄셨네
그분을 만나 기도하여야 함을 아네
그 깨달음의 의미를 새기기 위하여

아버지가 되는 길

빛의 신비를 추구한 화가 렘브란트 그린
돌아온 탕자의 그림은 너무나 유명하네
이 그림은 러시아 상트페테르부르크의
에르미타주 박물관에 전시되어 있네

헨리 나우엔은 이 그림을 보고 싶은 열망으로
모든 것을 접고 여행을 떠날 수 있었다고 하네
헨리 나우엔 신부는 그 그림 앞에
8시간 동안을 앉아서 깊이 묵상할 수 있었네

헨리 나우엔은 렘브란트의 그 그림을 본지 4년 후
그 그림을 통한
'아버지의 비유'에 대한 아름다운 묵상서를 썼네
그는 말하였네

렘브란트의 아버지 그림을 보고 묵상하면서
저는 자비하신 아버지가 되는
세 가지 길을 찾을 수 있었습니다.

그것은 바로 슬픔, 용서 그리고 관대함입니다.

우리 인간이 저지르는 엄청난 방탕과 욕망,
탐욕, 폭력, 분노, 원망 등을 생각하면서,
하느님이 지니신 마음의 눈으로
그것들을 바라볼 때, 저는 너무 슬픈 나머지
소리 내어 울지 않을 수 없었습니다.

이러한 슬픔들이 기도가 됩니다.
이 세상에는 슬퍼하는 사람들이 너무나 많습니다.
그러나 슬픔은 세상의 죄를 보는 마음의 수련이며
슬픔 그 자체가
사랑을 꽃피울 수 있는 마음이기도 합니다.

영적인 아버지께로 인도하는 두 번째 길은 용서입니다.
끊임없는 용서를 통해서
우리는 아버지와 같이 될 수 있습니다.
마음에서 우러나오는 용서를 행하기는 어렵습니다.

예수님께서는 자기 제자들에게 이렇게 말씀하셨습니다.
"네 형제가 하루에도 일곱 번 죄를 짓고 일곱 번 돌아와
'회개합니다' 하면, 용서해 주어야 한다."

하느님의 용서는 무조건적입니다.

그 자체로서 아무것도 요구하지 않는 마음
전적으로 자기를 추구하지 않는 그런 마음에서부터
우러나오는 용서입니다.
예수님의 말씀은 바로 이러한 하느님의 용서를
우리의 실제 생활 속에서 실천해야만 한다는 것입니다.

아버지가 되는 세 번째 길은 관대함입니다.
아버지와 같이 되기 위해서
우리는 아버지가 너그러우신 것처럼
너그러워져야만 합니다.

예수님께서는 참된 제자의 표징이
다름 아닌 자기를 내어주는 것임을
매우 분명하게 말씀하셨습니다.
자기를 내어주는 일은
자발적으로 되는 일이 아니기 때문에
우리에게는 끊임없는 수련이 요구됩니다.

저는 경외심을 가지고
렘브란트가 있던 그 자리에 서 있었습니다.

렘브란트는, 흐트러진 자세로
무릎을 꿇고 있는 작은 아들에게서
허리를 구부린 노인 아버지에게로

축복받는 장소에서 축복하는 장소로
저를 이끌어 주었습니다.
제 자신의 나이든 손을 바라보면서
저는 '이 손이야말로
이제 고난받는 모든 사람을 향해 내밀라고
돌아온 모든 사람의 어깨 위를 어루만져 주라고

하느님의 크신 사랑에서
우러나오는 축복을 베풀라고 나에게 주셨구나.'
라는 사실을
이제 깨닫게 되었습니다.

햇살 속 그리움
그리고 영성

초판 인쇄   2022년 6월 15일

초판 발행   2022년 6월 20일

저   자   김성호 류해욱 신부
펴 낸 이   김재광
펴 낸 곳   솔과학
등   록   제10-140호 1997년 2월 22일
주   소   서울특별시 마포구 독막로 295번지
                302호(염리동 삼부골든타워)
전   화   02-714-8655
팩   스   02-711-4656
E-mail   solkwahak@hanmail.net

I S B N   979-11-92404-06-6 (03810)

값 20,000원